덜레스 공항을 떠나며

덜레스 공항을 떠나며

한말숙 소설선집

창비

차 례

이준씨의
경우

오층 엘리베이터의 문이 열리자 먼 병실 쪽에서 "아아" 하
는 비명소리가 났다.

　"권사님 아직도 괴로우시구나" 하며 반백발인 어느 할머니
가 "아멘" 하고 두 손을 기도하듯이 모았다. 엘리베이터에서
내리며 다른 사람들도 합창하듯 "아멘" 했다.

　교우들이 목사와 함께 병원 심방을 가니까 같이 갔다가 박
물관에 가자고 은희가 제의를 해서 나는 그러마 하고 그녀의
차에 탔다. 남편은 출장와서 바쁘고 나는 별로 할일도 없어
서 동창인 은희를 따라다니며 관광을 하고 있었다. 그 박물관
의 식당이 맛있기로 유명하고, 현재 전시되고 있는 것은 르누
아르, 마네, 모네, 고흐 등 주로 인상파 그림을 조각해놓아서

그림 속의 인물과 손도 잡을 수 있고, 함께 앉아서 놀 수도 있고, 고흐가 쓰던 침대에 누워볼 수도 있어. 네가 마침 잘 왔다. 나는 한번 갔었는데 또 가려던 참이었어. 그림을 볼 때와는 달라, 정말 즐겁단다. 그녀는 이민온 미국을 조금이라도 더 알려고 매일같이 나다닌다고 했다.

"넌 교인도 아니고 환자도 모르는 사람이니까 복도나 휴게실에서 잠깐 기다리면 돼."

은희는 그렇게 말하고는 바로 "곧 돌아갈 사람이니까 너도 참석해서 기도쯤 같이 해도 나쁠 건 없잖겠니? 팔십구세 되는 할아버지야. 옛날식으로 세면 구순이지" 하고 덧붙였다.

"그래, 그러자."

"사실은 나도 모르는 사람이야. 교우들이 가자고 하니까 따라가는 거야. 환자의 딸은 공학박사인데 LA서 살고 있고, 사위는 세계 몇번째 부자의 상속자인데다가 유명한 건축가란다. 돈이 한군데에 몰려 있는 것 같지?"

"미국인?"

"응, 이태리계 미국인. 여기는 아일랜드계 미국인, 또 뭐 러시아계 미국인 등 세계 각국에서 온 조상을 갖고 있지. 그러니까 합중국 아니니. 한국계 미국인도 수두룩할 거다. 이 땅에 와서 살다가 죽어서 이 땅에 묻히지. 공동묘지도 가보았는데 끝없이 넓은 평지야. 묘비도 거의 땅과 같은 높이라 더욱 고요하고 평화로운 느낌이 들더라. 한국 사람의 무덤도 꽤 있어.

전세에 이 땅과 어지간한 인연이 있었나보다 싶더라. 전세에
는 아메리카 인디언이지 않았을까?"

"교회 나간다며 전세는 뭐냐?"

"아직 진짜 교인이 아니거든? 러시아 쪽에도 우리 교포가
얼마나 많이 있니. 그쪽은 삼세가 대부분이지. 한번뿐인 인생
인데 지구의 어느 땅에서나 평화롭고 자유롭고 풍족하고 행복
하게 살면 되지. 꼭 유독 한국 땅에서만 살다 죽어야 된다는
것 난 이해 못한다. 그런 건 구시대적 감상주의다. 너는 서울
에서만 살아서 잘 모를지 모르겠지만."

"모르겠다, 난. 그런 것 생각해본 적이 없으니까."

은희는 잠시 말을 끊었다가,

"내가 무슨 얘기를 하는 중이었지? 어, 참, 환자의 딸 얘기
하다가 샛길로 빠져버렸다. 그 환자의 아들은 시카고에서 살
고 있는데, 미국 은행의 고위직이고 며느리는 잘나가는 변호
산데, 한국 사람이야. 그만하면 여기서는 상류층이지. 교포들
하고는 만나지도 않는다더라. 뭐? 우리 아들 말이니? 우리야
겨우 그냥 사는 축이지. 그런데 환자도 전속 간호사를 둘 만한
재력가구. 부인은 삼년 전에 죽고. 자선사업도 많이 해서 존경
받던 사람이래. 교회에 기부도 많이 했대." 했다.

은희는 나에게 이곳의 조그만 일이라도 알고 있는 것은 다
말해주고 싶은 듯했다. 서울에서보다도 운전솜씨는 훨씬 느
것 같았다.

10

"늘기는 뭐, 차도 좋고 길도 좋으니까 승차감이 달라서 그렇게 느끼는 거지. 이 차를 살 때 칠십만 불짜리 롤스로이스를 보았다. 사려고 본 게 아니고 구경한 거지. 그것 보고 나니까 내 차는 차라리 불쌍해 보이더라. 비싼 차를 가지려고 기를 쓰는 것 같아서 말이야. 최고가 아니면 숫제 국산이나 일제 소형차를 모는 게 낫지. 그래서 아들한테 국산 차로 바꿔달라고 했다."

"칠십만 불짜리 사달라는 것과 같은 소리 같다."

"설마 내가 돌았겠니? 누울 자리 보고 다리 뻗어야지. 오죽 좋아 보였으면 그런 말을 했겠니. 그야 돈이 있으면 사도 좋지. 돈 있는 사람이 사야 그런 걸 만드는 장인(匠人)들이 먹고 살 게 아니니?"

"돈의 단위가 억, 억 하니까 나는 모르겠다. 그런데 너는 좀 있으면 자가용 비행기 사내라고 할 것 아니니?"

"그런 형편이 되면 오죽 좋겠니. 네가 다음에 올 때 내 자가용 비행기를 타게 되었으면 좋겠다."

하며 은희는 유쾌한 듯이 웃었다.

"기대해본다."

하고 나도 즐거운 기분이 되어 말했다.

"한국서는 사십 평짜리 아파트가 십억 원이나 한다며? 좀 너무하는 것 아니니? 내가 떠날 때는 그 지경까지 되지는 않았어. 난 손해본 것 같다. 팔지 말고 둘걸."

"너 몇백살 살려고 그러니? 욕심 그만 부려. 넌 잘 팔았어.

아무리 지금 십억이나 하겠니?"

"어머, 애 봐, 누가 한국에서 사는지 모르겠네. 신문도 텔레비전도 안 보니?"

은희는 신호등 앞에서 섰다가 멋있게 우회전을 하며,

"그래, 아파트 얘기는 그만두자. 우리가 떠든다고 뾰족한 수가 나는 것도 아니고. 그런데 그 환자의 딸이 엄마가 돌아가고 나서 전속 간호인하고 혹시나 자기 아빠가 가까워질까봐 미리 쐐기를 박아놓았대. 친구로 사귀는 건 자유지만 결혼은 절대 안된다고 말이지. 아빠의 유산 때문에 그랬을 거라고 하더라. 부자가 더 무섭다고 교회에서 수군댄다. 그 간호인이 정말 미인이거든. 딸이 그런 걱정을 할 만도 해. 너도 보면 놀랄 거다. 옷만 잘 차려입으면 영락없이 돈 많은 귀부인이지."

"그만한 사람이 왜 그렇게 힘든 일을 할까?"

나는 나도 모르게 은희의 달변에 끌려들어가고 있었다.

"으응, 그 사람은 한국에서 오래전에 미국으로 내외가 와서, 고생고생하며 일을 해서 좀 살 만하게 되었는데, 남편이 교통사고로 한 달이나 치료하다가 죽었대. 보험기간이 끝나고 딱 이틀 만에 그렇게 되어서 치료비 한푼도 못 받았단다. 보험기간이 끝나기 하루 전에만, 아니 끝나는 날짜에 맞추어서 다시 넣어놓았으면 지금 저런 고생 안해도 되었겠지. 미국은 보험 안 들면 꼼짝도 못한다. 보험이 없으면 의료비가 어마어마하거든. 사회복지인가 뭔가 그 대상이 되면 몰라도. 나는 그 미인 간호인을 교회에서 주일이면 보는데 신앙심도 대단한 것 같더라. 미인박명이라더니 박복이라고 할까, 그런 케이스는? 그 사람을 보니까 팔자라는 것을 새삼스럽게 생각하게 되더라."

"아직 육십대라 하니까, 인생이 다 끝난 것도 아니다. 잘살게 될지 어떻게 아니. 네 말마따나 팔자라는 게 있다면 늦팔자가 터지는 수도 있겠다."

"늦팔자라는 말 나오니까 유독 떠오르는 사람이 있지? 우리나라 정치인들 중에 말이야. 어떤 사람은 너무 터지는 것 아니니? 정신 못 차리겠다. 돌겠다, 돌아!"

"그래, 그래."

우리 둘은 소녀 때처럼 까르르 소리내어 웃었다.

은희는 먼저 이민한 그녀의 장남이 회사가 잘되어서 거부만 산다는 P지역에 건평 육백 평, 대지 이천 평이 되는 집을 사놓고 홀로 된 그녀를 불러들여서 미국으로 오게 되었다. 은희의 집은 그 지역에서는 작은 편이라 했다. 기왕에 있던 집은 남의 소유라 어쩔 수 없지만, 새로 땅을 사서 집을 지으려는 사람에게는 땅주인이 칠천 평 이하짜리는 팔지 않는다고. 땅의 소유주가 자신의 땅에는 대부호와 유명인만 살게 하려고 그런다고.

"멋진 저택만 있는 지역이라면 시각적으로 일단 좋겠다. 미국은 땅이 넓으니까 별의별 일이 다 있네."

"땅값도 오르지 않겠니?"

"참, 땅값 올리려고 그러나?"

"실제로 땅값도 집값도 다 조금씩은 오르고 있어. 부자 지역으로 이름나 있지만 집집마다 사연도 많단다. 우리집에서 얼마 안 가서 무지 큰 집이 있는데 먼저 주인이 유명한 배우였다더라. 그 배우가 파산하는 바람에 지금의 주인이 그 집을 샀대. 집은 그냥 있어도 주인은 자꾸 바뀌는 거지. 워낙 집과 집 사이가 멀리 떨어져 있어서 누가 이사를 가는지 오는지도 모르지만."

"그렇겠다. 너는 여기 와서 별 구경을 다 하며 사는구나."

"부자라고 마냥 부자겠니? 있을 때 아끼지 않고 써대니까 망할 수밖에. 과시욕 때문에 제 주머니 형편은 제쳐놓고 펑펑 쓰는 사람 있지? 파산한 그 배우도 그런 거겠지. 그 동네는 더더구나 돈이 인기를 말해주는 데 아니니? 그러니까 돈 있는 척하느라고 더 낭비를 하게 되는지도 몰라."

은희의 아들은 그 큰 집을 투자하는 셈으로 샀다고 했다. 이웃사람들처럼 걸핏하면 요란한 파티를 열어본 적은 아직까지 한번도 없고, 교회 사람들을 청해서 살기 힘든 교포 돕는 행사는 한번 했다고 했다.

"그애도 이번에 하는 일만 잘되면 한번쯤은 사람들도 청해서 뻑적지근하게 파티를 열겠다고 하더라. 양키들한테 여봐란 듯이 해 보이고 싶겠지. 그애는 이민와서 고생을 많이 해서 돌다리도 두드려보는 편이거든? 그래도 나는 남에게 보이기 위한 허튼 돈은 단 한푼도 쓰지 말라고 단단히 일러두었다. 남이

라는 건 있을 때는 모여들고 없으면 쳐다도 보지 않는 것 아
니니?"

"자고로 그렇지."

차는 시가지 중심으로 들어가고 있었다.

은희는 교회 얘기를 했다. 목사도 교인도 모두 한국인이어
서 거기에 가면 이국 땅이라는 것을 완전히 잊을 수 있고 마음
이 편하다고 했다.

"한국인이 미국 교회를 다 사버린다고 비웃는 사람도 있지
만 타향에 와서 한국 사람 만나게 되는 곳으로는 교회가 제격
이거든? 목사의 설교도 한국말이고. 교인들은 빈부의 격차도
심하고 직업도 가지가지지만 만나서 한국말로 얘기할 수 있는
게 어디냐. 한국에 있으면 그런 것 전혀 인식조차 못하지. 언
어 스트레스라는 거 넌 모를 거다."

"그럼, 모르지."

나는 잠깐 다녀갈 여행객이니까 아무러면 어떠랴 싶어 은희
의 말에는 되도록 맞장구를 쳐주었다.

병실이 가까워질수록 비명소리는 더 크게 들렸다. 단말마의
소리라는 것이 저런 게 아닐까. 나는 귀를 막고 싶었다. 스파
이 영화에서 적국의 스파이를 고문할 때나 듣는 비명소리 같
았다. 나는 공연히 따라왔나 싶어 후회했다. 은희는 내 앞에서
교우들과 함께 부지런히 걷고 있었다. 빠지겠다고 지금 말할
까 말까 망설이는 중에 나는 어느 사이엔가 교회 사람들과 함

께 병실로 들어서고 있었다.

환자는 다섯 평쯤 되어 보이는 병실 한가운데 병상에 누워 있었다. 피골이 상접한 노인이었다. 이불 밑으로 고무 튜브가 좌우로 하나씩 내려져 있는데 그 끝에 달린 네모난 투명 주머니에 피 섞인 액체가 반쯤 차 있었다. 폐가 작아지며 물이 차서 그 물을 빼고 있다고 했다. 환자는 산소마스크를 쓰고 있는데도 숨이 차는지 입을 벌려서 숨을 쉬고 있었다. 계속 비명을 지르다가 교우들이 병실에 들어가자 터져나오는 소리를 참느라고 얼굴은 고통스럽게 일그러져 있었다. 푹 가라앉은 커다란 눈을 한번 크게 뜨고 교우들을 보고는 이내 감아버렸다. 교우들이 병상을 겹으로 둘러싸듯 서고 자리를 찾지 못한 사람들은 교우 사이로 얼굴을 내밀며 환자를 보고 있었다. 나는 환자의 발치께에 서게 되어서 그의 얼굴을 정면으로 볼 수 있었다. 사십대로 보이는 건장한 목사가

"권사님, 의사가 입으로 숨을 쉬면 안된다고 하셨습니다."
하고 조용히 말했다. 그러자 환자는 잠시 입을 다물었으나 도로 벌리고 "하흐 하흐" 소리를 내며 호흡을 했다. 그러다가 환자는 생각난 듯 입을 다물었다가 이내 다시 벌리며 "하흐 하흐" 하고 호흡을 했다.

"할아버지, 코로만 숨을 쉬셔야 합니다."
전속 간호인이 말했다. 환자는 허덕거리며 입을 다물었다. 그의 청력에도 이상은 없어 보였고 의식도 뚜렷한 것 같았다.

다만 말을 할 기력은 없는 듯했다. 비명이 터져나오는 고통 속에서도 교우들에게 체면을 차리려고 노력하는 것을 보니까 상당한 교양을 갖춘 사람 같았다.

환자가 산소마스크를 떼어내려고 해서 두 손을 침대에 묶어두었다는 말을 나중에 들었다. 환자는 빨리 죽고 싶어서 떼려고 했고 의사는 그래서 숨질까보아 손을 묶은 것이다. 쇠약해질 대로 쇠약해진 몸에 숨쉬기가 어려워서 허덕거리는 사람에게 왜 고통을 연장시키는 것일까? 사람을 살리려는 의료행위인지 고통을 더 주려는 것인지? 고통을 덜어줄 수 없다면 차라리 빨리 숨이 끊어지도록 어떤 치료도 하지 말고 자연에 맡기는 것이 진정한 의료행위가 아닐까? 아니, 사람이 해야 할 도리가 아닐까? 그러나 물론 나 자신도 얼른 대답이 나오지 않으면서 안타깝고 괴로웠다. 나는 짧은 여행기간중에 하필 나를 이런 데로 데려온 은희를 원망했다. 전속 간호인이 수저에 물을 조금 떠서 환자의 바싹 마른 입술을 축여주며 "할아버지, 물을 입에 넣으시면 안됩니다"라고 했다.

목사가 "강정실 권사님, 기도해주십시오" 하니까 오십대 중반으로 보이는 여성이 물흐르듯 한번 더듬지도 않고 기도하기 시작했다.

"주여! 주의 사랑의 손길로 이권사님의 고통을 한시빨리 걷어주시고…… 믿사옵니다, 그리 믿사옵니다, 아멘."

그녀의 기도가 끝나자 목사는 "다함께 고린도전서 ○○장

○○절을 합독합시다"라고 했다. 모두 성경을 펴들고 한국의 교회에서와 똑같은 억양을 붙이며 "그러나 이제 그리스도께서……" 하고 읽어내려갔다. 어떤 노인은 읽으며 몸을 좌우로 흔들기도 했다.

나는 성경이 없으니까 환자만 보고 있었다. 환자는 성경이 합독되는 동안 안정을 찾은 것 같았으나 호흡곤란이 더해지는지 입을 벌리고 헉헉 하며 숨을 몰아쉬었다가 생각난 듯이 다물었다를 반복하고 있었다. 성경구절을 함께 읽고 난 다음 목사의 요청으로 찬송가 431장을 나직이 불렀다.

"내 주여 뜻대로……"

어느 교인이 합창소리가 커서 다른 병실에 방해될까 해서인지 병실의 문을 닫았다.

찬송가가 끝나자 목사가 환자에게

"내일 또 오겠습니다. 주 예수께서 지켜주십니다. 마음 편히 가지시고 주에게만 의지하십시오. 주님께서 지켜주십니다. 그렇게 믿으십시오, 믿으십시오."

하고 힘차게 말하고는 병실을 나갔다. 교우들도

"힘내세요, 권사님, 믿으십시오. 믿으십시오."

하고 환자에게 인사를 하며 한줄로 서서 나가고 간호인만 남았다. 간호인은 은희가 말한 대로 아름답고 품위있는 초로의 여성이었다. 표정이 평화로워서 한결 호감이 갔다. 은희가

"미세스 신, 수고가 많으십니다."

하고 그녀에게 인사를 하고, 환자에게

　"권사님, 내일 또 오겠습니다. 힘내십시오. 주님이 지켜주십니다."

하며 제법 교인 같은 말을 했다. 환자는 눈을 껌벅거리며 무언가 말을 했다.

　"할아버지, 무슨 말씀을?"

하고 간호인이 가까이 가서 물었다. 환자의 입모양이 "빨리, 빨리" 하는 듯이 움직이고 눈을 위로 몇번 치켜뜨며 하늘로 가도록 해달라는 것처럼 보였다. 간호인이

　"예, 할아버지, 하느님이 곧 부르실 겁니다. 천사들이 마중올 것입니다. 할아버지, 이제 조금 주무십시다. 이박사는 지금 공항에서 오시는 중이랍니다. 전무님도 곧 오실 겁니다. 열시 도착 비행기라고 하셨어요."

했다. 환자는 그 말에 눈을 번쩍 떴다가 다시 감았다. 잠시 얼굴이 환히 밝아지며 기쁜 빛이 스치는 것 같았다. 자식에 대한 사랑은 저런 고통중에도 기쁨을 주는구나 하고 생각하니까 순간 내 눈시울이 뜨거워졌다. 나는 그에게 허리를 굽혀서 절을 하고 밖으로 나왔다. 환자는 비명소리를 내지 않으려고 이를 악물고 눈을 감은 채 허덕이고 있었다. 그러나 눈등에 졸음이 오는 것 같았다. 졸음인지 지쳐서 까부라지는 건지. 잠들면 고통을 모를 테니 잠이나 들면 좋겠다 싶었다.

　은희는 병실 밖으로 나오자

"한군데 더 갈 데가 있어. 몇달째 식물인간인데 먹을 줄을
몰라서 배꼽으로 영양분을 넣어주고 있어. 그 사람도 얼마 남
지 않았다구 하는데……"

나는 끝까지 듣지 않고 손을 내저었다.

"더이상은 못 보겠다. 그만, 그만! 내가 좀 어지러워. 어디
앉을 데 없을까?"

하고 나는 벽에 기대섰다.

"어머, 너 정말 안 좋니?"

은희가 어디선가 의자를 하나 가지고 왔다. 나는 병실과 반
대쪽 창가에 앉아서 은희가 갖다준 에비앙을 한모금 마셨다.
찬물이 들어가며 답답하던 가슴이 조금 풀리는 것 같았다. 나
는 심호흡을 몇번이나 했다.

"괜찮니?"

"응, 조금."

"사람 놀라게 시킨다, 애. 이제 낯빛이 제대로 되었다. 아까
는 노랬어. 너도 큰일이다. 그렇게 예민해서야, 원…… 여기
좀 있어. 금방 올게. 그 환자는 꼭 가보아야 해. 찾아올 친척이
하나도 없단다. 간병하던 남편도 죽고, 자식도 없어. 병동이
다르니까 시간이 좀 걸릴 텐데 괜찮겠니?"

그녀는 시계를 보며

"삼십분 내로 올게. 저쪽 모퉁이를 돌아가면 휴게실이 있어.
심심하면 거기 가서 책도 보고 차라도 마시고 있어, 미안, 미안."

20

했다. 나는 고개를 끄덕이며 어서 가라고 손짓을 했다.

넓고 긴 복도는 조용했다. 은희들이 가고 나서 십분 동안 흰 가운을 입은 서양인 의사 두 사람을 보았을 뿐이다. 입원병동이어서 사람들의 발길이 드문가보았다.

이준 권사가 병실 안에서 또 비명을 질렀다. 잠을 잘 줄 알았는데 자지 못한 모양이었다. 수면제를 주지 않았을까? 수면제가 듣지 않는 걸까? 나는 에비앙을 한모금 또 마시고 휴게실로 갈까 하고 일어섰다. 서서 한발짝 떼기도 전에 기내용 가방과 핸드백을 든 달려오는 여성과 마주쳤다. 나는 그녀가 이준 환자의 딸임을 직감했다. 넓은 이마며 맑고 큰 눈이 부녀가 많이 닮았다. 오십대 중반은 되었을까? 간호인이 "이박사는 지금 비행장에서 오시는 중입니다"라고 한 그 사람일 것이다.

이박사는 병실로 뛰어갔다. 나는 휴게실로 갔다. 휴게실에는 아무도 없었다. 에비앙을 또 몇모금 마시고 느긋하게 은희를 기다리려고 서가에서 잡지를 빼들었다. 그때,

"그래서…… 말해보아요."

하며 이박사가 젊은 백인 의사와 함께 들어왔다. 그녀의 기세로 보아 두 사람은 계속 실랑이를 하고 있었던 것 같았다. 그녀는 내게 목례를 하고는 유창한 영어로 의사에게 따졌다.

"현재 의술로는 회복불능인 병이라고 했잖아요? 한 달 전에 아버지가 처음 여기 오셨을 때 바로 당신이 그랬어요. 그랬지요? 그렇다면 그동안 당신은 어떤 치료를 했나요? 이번에 응

급실로 왔을 때 모르핀이나 주고 고통을 덜어드려야지 저게
무어요. 고문이요, 고문. 손까지 꽁꽁 묶어놓고…… 내 아버
지가 무엇을 잘못하셨다고……"

그녀는 울먹이면서 소리를 높였다. 의사는 난처하다는 듯이
두 어깨를 으쓱 올렸다.

"응급실로 오면 의사는 치료를 해야 해요. 모르핀도 썼는데
듣지 않았어요."

"모르핀을 얼마나 썼는데?"

이박사는 한발짝 의사에게 다가섰다. 의사는 정색을 하며

"그건 의사가 알아서 할 일이오."

했다. 의사는 방어태세였다가 공격 쪽으로 돌아서는 것 같았
다. 이박사는

"오케이, 그러면 소변을 만 하루를 못 보셨다는데 그건 왜
방치했지요?"

의사는, 수술을 해야 하는데 환자가 그 수술을 견뎌낼까 의
심스러워서 두고보았고, 물론 저절로 소변이 나올까 그것도
기다려본 거지요, 이제는 당신들의 싸인을 받고 나서 오늘 오
후에 수술하기로 했다고 또박또박 말했다. 다급한데 싸인은
무슨 싸인이에요? 그게 도대체 변명이 될 것 같아요? 소변만
보게 했어도 저렇게 괴로워하지는 않으셨을 거라며 그녀는

"당신의 방법이 틀렸어요. 진작 소변이 나오도록 했어야지.
나는 이 치료비는 내지 않겠어요. 절대로! 나는 당신을 해고하

도록 할 거예요. 숨이 넘어가는 구십세 노인이 얼마나 더 사실 거라고 저런 고통을 줍니까?"

하고 소리쳤다.

"팔십구셉니다."

"엉뚱한 소리 하고 있네!"

이박사는 이 말은 우리말로 내뱉었다.

"수술을 빨리 해주어요."

"수술은 시간이 잡혀 있는 순서대로 합니다."

"그러면 고통을 모르시도록 모르핀을 충분히 그리고 빨리 맞게 해주어요. 괴로워하시는 것 못 보겠어요. 그게 법에 걸린 다면 내가 벌을 받을 테니까 당신이 염려할 것 없어요. 내가, 바로 내가 받겠다구요!"

의사는 눈을 휘둥그렇게 뜨며 어깨를 으쓱 올렸다.

"미애야, 진정해."

언제 왔는지 이박사의 오빠가 말하며 이박사의 손을 잡았다. 이박사는 오빠를 쏘아보며

"오빠는 아빠를 사랑하지 않아서 그래. 난 다 알아. 오빠는 아빠한테 유감이 있는 거야. 아빠 젊으셨을 때 엄마한테 잘 못 해드렸다고 아빠를 싫어했지. 그래서 유학간 후 십년 동안 아 빠한테 편지 한통, 카드 한장도 안 보냈어, 그렇지?"

"얘가 왜 이러니? 얼토당토않는 소리 하네. 네가 뭘 안다구."

"너무 어릴 때라 아빠가 엄마한테 어떻게 하셨는지 난 몰라.

그렇지만 내가 자란 후로 아빠는 엄마에게 좋은 남편이었고 내게는 최고의 아빠였어."

그녀는 기어코 울음을 터뜨렸다. 그녀는 의사에게 덤볐다가 오빠한테 강짜를 썼다가 하며 좌충우돌하고 있었다. 속이 타니까 그 원인을 남의 탓으로 돌려서 속풀이라도 하고 싶은 것 같았다.

그녀의 오빠는 그녀보다 십오륙년은 위로 보였다. 은희의 말을 듣지 않았더라도 그가 얼마나 유복한 사람인지 알 만했다. 잘생긴 신사였다. 육십이 조금 넘었을까? 그는 의사에게 손을 내밀어 악수를 청하면서,

"제 동생이 흥분해서…… 용서하세요. 그리고 아버지를 잘 치료해주셔서 감사합니다."

했다. 그러자

"노오, 노오!"

하고 이박사가 소리치며 손을 내저었다. 의사는 침착하게 은행가인 오빠한테 말했다.

"심장은 강하신 편입니다. 한 나흘, 아니 오일쯤 더 가실지도 모릅니다. 우리는 최선을 다했습니다."

그때 이준 권사의 비명소리가 났다. 세 사람은 급히 휴게실을 나갔다.

나는 후우 하고 한숨이 나왔다. 꺼져가는 생명 앞에서, 아니 빨리 꺼져야 하는 생명 앞에서 아들과 딸과 의사가 속수무책

인 것이다. 간단하게 심장만 멎어주면 끝나는 일일 텐데, 그 심장이 언제 멎을지 세 사람은 아무도 모른다.

나는 시어머니가 돌아가실 때의 일들이 생각났다.

시어머니는 구순이 넘도록 건강해서 백수는 넘게 사실 거라고 가족 친지들은 말했었다. 시가며 시외가 사람들은 시어머니가 백세까지 건강하게 사실 것을 믿고 은근히 자랑스럽게 생각하고 있었다. 시외가에서는 시어머니의 아우들이 백세 생신 축하연 프로그램도 만들고 있었다. 시어머니는 구십육세가 되는 해 봄부터 기침을 조금씩 하셨다. 동네 단골병원에서는 열도 미열 정도니까 크게 걱정할 감기는 아니라고 하며 감기약을 주고 가습기 트는 것을 잊지 말도록 당부했다. 식사도 잘 하시고 평소처럼 외출도 하시고 별다른 증상도 없었다. 가을이 되면서 사나흘 동안 소화가 안되고 기침을 조금 더 하셔서 대학병원에 갔더니 X레이를 찍도록 했는데 폐암 말기라고 해서 가족들은 깜짝 놀랐다. 의사는 수술도 할 수 없다고 하며 내복약만 주었다. 혈압도 심장도 건강한 이십대 청년 같다며 의사는 감탄하는 말투였다.

"그러시다면 더 사실 수 있지 않을까요? 노인의 암은 서서히 진행된다고 들었어요" 하고 내 남편이 말했다. 사년만 있으면 백세가 되시는데 오로지 그 사년을 채워주실 수 없을까.

의사는 고개를 흔들며,

"아무리 튼튼한 심장이라도 언제 멈출지는 모릅니다. 만들어질 때 그 시간이 입력되어 있지 않나 하고 생각될 때도 여러 번 있었으니까요."

했다.

정말 그럴까? 우리 내외는 많은 경험이 있는 의사의 말이니까 신빙성이 있기는 하나, 바로 그의 말대로 만들어질 때 백세로 입력되어 있을지도 모르지 않는가 하는 희망 쪽으로 가닥을 잡았었다.

병원을 다녀와서 열흘쯤 되던 날부터 시어머니는 끙끙 앓는 소리를 내서서 어디가 아프신가 여쭈어보니까

"어디가 아픈지 모르겠다. 온몸이 다 쑤신다. 내가 태어났던 곳으로 돌아가려니까 이렇게 힘이 드는구나."

하셨다.

"네? 어머님이 태어나신 곳이 어디입니까?"

하고 나는 놀라며 물어보았다.

"나도 모르겠다. 저승 어디겠지. 너희 시할머님이 돌아가실 때, 그곳을 찾아가려고 하니까 힘이 들지 않겠니, 그러시더라."

나는 아무 말도 하지 못했다. 그리고 몇시간 뒤에 시어머니의 심장은 잘 가던 시계가 배터리가 다 되면 멎듯이 소리없이 한순간 뚝 멎었다. 그리고 다시는 손목의 맥박은 뛰지 않았다. 얼굴에 뺨을 대보니까 몇억겁년이나 멀리 떨어진 우주의 아득한 심연처럼 아무 소리도 없었다. 정적의 극치라 할까? 성스러운 느낌조차 들었다. 건강한 청년 같은 심장이라도 만들어질

때 백세로 입력된 것은 아니었는지.

은희가 교우들과 함께 휴게실로 와서 매점에서 사온 커피며 녹차를 대접했다. 교우들은 차를 마시며 제각기 하고 싶은 말을 했다.

"이권사님도, 김집사님도 하느님이 어서 부르시면 좋겠네."

"김집사님 옆 병상의 백살이 넘은 사람 말이오, 쓰러지면 그냥 둘 것이지 응급실로 데리고 와서 링거를 꽂았으니…… 언제 끝날까?"

"전속 간호인들이 수입이 줄까봐 어떻게든 환자의 목숨을 길게 끌려고 그러기도 한대요."

어떤 교우가 들으면 안될 말을 들은 것처럼 미간을 찌푸리며 "아멘" 하고 고개를 흔들었다. 목사가 약속이 있어서 가야 한다며 일어서자 교우들도 모두 자리를 떴다.

은희와 나도 휴게실을 나왔다. 나는 이준 권사의 병실 쪽으로 귀를 기울여보았다. 비명소리가 나지 않았다. 끝났을까? 하고 생각하는데, 이권사의 병상을 흰 가운을 입은 사람이 밀고, 그의 아들과 딸이 따라오고 있었다.

"수술하시러 갑니다, 감사합니다" 하고 이박사가 한결 밝아진 얼굴로 말하며 우리에게 고개 숙여 인사를 했다. 의사는 오후에 수술한다고 했는데 이박사가 빨리 하라고 성화를 부렸는지도 모르겠다.

은희가 차의 시동을 걸며 "자, 이제 박물관이다" 하고 씩씩

하게 말했다.

나는 "내일 가면 안될까?"라고 했다.

"아이고, 이 사모님이 쇼크받으셨구나!"

은희는 내 어깨를 두어 번 두드렸다.

"미안, 미안. 나도 그럴 줄은 상상도 못했지. 어떻든 살아 있는 사람은 부지런히 살아야지. 그래야 힘든 사람을 돌봐줄 수도 있지 않아? 이권사를 본 것, 그건 이미 과거야. 잊어버려. 박물관 식당에 예약해두었어. 예약 안하면 어림도 없어. 워낙 잘하는 데거든? 점심 먼저 먹고, 다음은 즐거운 조각 보기다. 힘내!"

나는 호텔 침대에 누워서도 잠이 오지 않았다. 밤이 늦은 시간이나 은희에게 전화를 해보았다.

"이준 권사는 어떻게 되었을까?"

"조금 전에 하늘로 가셨다고 교회에서 연락이 왔어."

"다행이라고 해야 할지 모르겠다."

"그렇긴 한데, 그건 본인이 알겠지. 생각은 내일 하고 잠이나 잘 자."

나도 "잘 자"라고 말했다. 후 하고 내 가슴에서 긴 한숨이 나왔다.

덜레스 공항을
떠나며

정숙 일행이 덜레스 공항에 도착하니까 열한시 십오분이었다. 9월 11일 뉴욕의 세계무역쎈터 등에 동시다발 테러공격이 있은 뒤로, 검사가 강화되어서 체크인하는 데만도 세 시간은 걸린다 해서, 두시 출발의 대한항공기를 타기 위해 일찌감치 나온 것이다.

차에서 내리자

"이제 우리끼리 갈 수 있으니 어서 가, 어서."

하고 정숙은 손까지 흔들었다. 딸 내외는 막무가내로

"아니에요, 괜찮아요."

하며 가방을 끌며 앞장섰다.

"애야, 퇴근시간에 출근하게 될라. 됐어 됐어, 그만 가라니까."

"염려 마세요, 체크인하시는 것만이라도 보고 가겠어요."

이런 말이 몇번 오가는 사이 그들 일행은 공항청사에 들어서서 KAL 카운터까지 가게 되었다. 이코노미 클래스 카운터에는 승객들이 이백여 미터는 되게 줄서 있었다. 모두 지친 낯이었다. 그들 앞에도 꽤나 많은 승객들이 수속을 마친 듯했다. 정숙은

"저 사람들을 봐. 어서 가게. 우리가 체크인하는 것 보려면, 자네는 퇴근시간도 지나버리겠네."

하고 말했다.

범우는 얼른 가부를 말 못하고, 줄지어선 사람들만 휘둥그레진 눈으로 한사람씩 보고 서 있다. 영희가

"이렇게 승객이 많으니 기내에서 힘드시겠어요. 공연히 이코노미로 바꾸셨어요. 비즈니스 카운터에는 승객이 거의 안 보이는데."

하며 걱정스러운 얼굴을 한다. 기준이

"비즈니스로 간다고 더 빨리 가니? 이코노미나 똑같은 속도로 가는 건데, 돈을 두 배나 들여서 그걸 왜 타니?"

했다. 정숙은

"올 때는 이코노미가 백사십 석이나 비어서 왔는데, 이게 웬일이냐? 이코노미로 바꾸느라고 공연히 범우만 애쓰게 했나 보다."

했다. 범우가

"아닙니다. 마침 예약을 취소하는 사람이 있어서 표를 구할 수는 있었습니다만 정말 괜찮으시겠어요?"

"괜찮구말구. 엄마는 오십 킬로밖에 안되니 문제없어. 저런 사람도 타는데……" 하는 기준의 말에 저만치 앞쪽에 백 킬로 그램은 넘을 것 같은 갈색머리의 키큰 백인에게 모두 시선이 갔다. 정숙은

"걱정들 말아라, 나는 비행기가 뜨자마자 잠드는 사람이니까 퍼스트건 비즈니스건 이코노미건 아무 상관 없다. 그리고 표 바꾸고 남은 돈으로 또 오지."

했다.

"그럼요, 또 오세요. 저희가 여기 있는 동안 자주 오세요." 하고 범우가 말했다.

또 올 수 있다는 것은 테러 같은 일을 당하지 않는다는 의미도 내포되어 있으니까, 말이 씨 된다고, 정숙은 생각없이 나온 말이 스스로 반가웠다. 생각없이 나오는 말은 사람이 하는 말이 아닌 다른 무엇이 시키는 예언 같은 것이라는 관념이 있어서 우리나라 옛어른들은 '말이 씨 된다'고 부정적이거나 박절한 말을 하는 것을 경계하지 않았던가.

이코노미건 비즈니스건, 누워서 가건 쪼그리고 앉아서 가건, 올 때처럼 무사히 도착만 해라, 하고 정숙은 혼자서 속으로 말했다. 그들이 미국에 머물던 열흘 동안에도 출처를 알 수 없는 탄저균 가루 때문에 어수선했고, 아프가니스탄에서는 미

공군기가 연일 폭탄을 퍼붓고 있었다.

"올 때도 무사히 왔으니 갈 때도 무사히 가겠지?"

"그럼요, 엄마, 무사히 가시고말고요."

영희는 확신하는 듯 밝은 낯으로 진지하게 말했다.

범우가 어떤 수단을 썼는지는 모르나 정숙의 원대로 이코노미 표를 구해와서 귀국 때는 값싼 표에다가 두 다리 뻗고 자면서 가게 된다는 달큰한 만족감에 젖어 있었는데, 이백 미터는 될 만큼 늘어선 이코노미 클래스의 승객들을 보자 그녀는 혼자서 잘못 짚었구나 싶어 아연해하고 있었다. 영희가 범우에게

"당신만 가요, 나는 떠나시는 것 보고 택시로 갈게."

했다. 그 말이 끝나기도 전에 기준이

"말도 안 돼!"

하고 소리쳤다.

"그럼, 둘이서 같이 가야지. 앞으로 두 시간만 있으면 비행기는 뜬다. 너희가 워싱턴까지 가려면 한 시간은 걸릴 텐데. 자, 이제 가거라. 그동안 수고 많이 했다. 덕분에 편히 있다 가네, 고맙네."

하며 정숙은 사위의 손을 잡았다.

"좀더 계시다 가시지……"

하며 영희의 눈가가 뻘게졌다.

"내년 봄에 또 올게. 너희가 여기 있는 동안 두어 번 더 올 생각이다."

하며 정숙은 딸의 뺨에 키스하고 꼭 껴안았다.

"잘 있거라. 수고 많이 했다. 아이들에게도 할머니 할아버지가 사랑한다고, 뽀뽀한다고 전해다우."

정숙은 사위의 손을 두 손으로 쓰다듬고 또 그의 등을 두들겼다. 영희 내외는 몇번이나 뒤돌아보며 손을 잡은 채 청사 밖으로 나란히 사라졌다.

기준이 일년 전부터 참석하기로 한 국제 씸포지엄을 한 달 앞두고 그 테러가 일어났다. 10월 20일에 씸포지엄이 있으니까 나흘 전쯤에 영희 집에 가 있다가 그것이 끝난 후에 또 며칠 더 있으면 합쳐서 열흘을 영희 식구와 지낼 수 있는 것이다. 정숙은 남편의 일에는 애초부터 관심이 없었고, 오로지 작년 여름처럼 딸과 사위와 어린 손자들과 맛있는 것 먹고 다니고, 손자들에게 책 사주고 장난감 사주고, 손자들 좋아하라고 일요일이면 교회에 가서 교인도 아니면서 함께 찬송가도 목청껏 큰 소리로 부르고, 드라이브하며 돌아다닐 생각에 비행기를 예약한 후 두어 달 동안 기분이 들떠 있었다. 더구나 외국 상사에 스카우트되어서 수입이 넉넉해진 사위가 정숙의 생일 선물로 비즈니스 표를 보내온 것이 그녀를 더욱 들뜨게 했다. 주최측에서는 기준에게만 비행기표를 보냈다.

9월 11일 텔레비전 뉴스를 함께 보고 있던 정숙 내외는 서로 바라보며 동시에

"못 가는 거지?"

34

했다.

고대하던 워싱턴행이 한순간에 허물어지니까 정숙은 맥이 확 풀려버렸다.

"아이구 맙소사, 하필이면 요때냐!"
하며 후우 하고 한숨을 내뿜었다.

테러 직후 미국의 국제전화선이 모두 통화중이어서 이틀 만에 겨우 영희와 통화를 할 수 있었다. 영희의 집은 펜타곤에서 멀리 있어서 아무 피해도 없다고 했다.

일주일이 지나자 주최측에서 기준에게 예정대로 씸포지엄을 할 것이니 꼭 참석하기 바란다는 이메일이 왔다. 워싱턴은 전과 달라진 것이 없고 평화로우니 아무 염려 말라는 말도 덧붙어 있었다.

"씸포지엄을 한다구? 엄청난 추가 테러가 바로 있을 것이라고 알 카에다가 으르렁대고 있는데? 부시의 응징하겠다는 얼굴은 또 어떡허구? 별 정신나간 소리 다 듣겠네! 씸포지엄이 대관절 무엇이라고 이런 판국에……"

정숙은 절대로 가면 안된다고 했으나, 기준은 "좀더 정세를 두고보아야겠어"라고만 했다.

"두고볼 것도 없어요. 사태는 점점 더 나빠져요. 이슬람교도들이 데모하는 걸 보아요. 무시무시하잖아요. 삼차대전이 날지도 몰라요."

정숙은 혼자서 워싱턴행을 완전히 포기하고 있었다. 그러나 며칠이 지나고 나니까, 그렇다면 지구상의 전인류가 몇사람의 테러리스트 때문에 꼼짝도 못하고 마냥 주저앉아만 있으란 말인가? 그리고 언제까지? 하고 생각하게 되었다. 다시 며칠이 지나니까, 설마 비행기마다 다 그렇게 되려고? 하는 생각이 슬그머니 들었다.

정숙은 10월로 접어들자

"거기는 아무렇지도 않다고 영희도 말하니까 우리 가기로 할까요? 인명은 재천이라는데……"

하고 기준에게 말하기도 했다.

"생각 그만 하고 잠이나 자."

기준은 내내 확실한 말을 하지 않았다.

정숙은 어느날은 잠이 깨자 기준에게

"씸포지엄이 밥 먹여주나요? 비행기 예약은 취소하고, 주최 측에는 비행기값 돌려주고 가지 않기로 정합시다. 매일 이럴까 저럴까 헛갈리니 어질어질해요."

했다. 기준은

"응, 응."

하고 고개는 끄덕였으나 정숙처럼 똑부러지게 결정한 것 같지는 않아서

"더 생각할 것도 없어요. 전쟁터에 뛰어드는 격이 아니라, 바로 뛰어드는 거라니까요. 나는 영희들도 이리 오라고 말하고 싶어요. 거기 직장 그만둔다고 아무리 밥걱정 할까. 전쟁터

36

에 있는 것보다는 여기가 낫지…… 허 참, 세상이 바뀌어도 한 바퀴나 바뀌었네. 유나이티드 스테이츠 오브 아메리카가 전쟁터가 되다니…… 한 달 전만 해도 미국은 전쟁터와는 동떨어진 세계 유일한 나라였는데, 일차 세계대전 때는 물론이고, 이차 세계대전 때는 전쟁 당사자였는데도 그 땅에는 총알 반쪽도 안 떨어졌잖아요."

정숙은 혼자서 떠들다가

"참, 진주만 공격은 당했었지……"

했다. 기준은

"유식하네. 강사 하다가 그만두었으니까 다행이지, 교수까지 했었다면 대단했겠어."

"저이 봐, 나를 비꼴 여유가 있어요? 갈까 말까 하고 머리가 터질 지경인데."

"혼자서 야단났네."

"어머, 자기는 가고 싶은가봐. 한 시간 논문 발표하기 위해서 목숨을 걸어요? 논문은 가 있으니까 딴 사람이 읽으면 되잖아요? 논문인데 꼭 본인이어야 할 이유가 없잖아요? 연주나 무용이나, 뭐 마라톤 같은 거라면 몰라도."

하며 정숙은 기준의 결심을 독촉했다.

기준은 며칠 더 생각하다가 결국 가지 않기로 결정하고 주최측에 이메일을 보냈다. 그쪽에서 바로 회답이 왔다. 전과 똑같은 내용이었다. 거기는 변한 것이 없고, 윤교수가 빠지면 그

썸포지엄은 완전한 실패작이 될 터이니 매우 난처하다는 것이었다. 이 말에 다시 생각하기 시작하는 기준을 보고 정숙은

"그 사람들 참 염치도 없네. 전과 다름없다니 말이나 되냐구. 텔레비전에 맨날 나오는 부시의 얼굴도 못 보나? 당장 전쟁이 터지게 생겼던데."

하며 흔들리려는 기준을 다그쳤다.

그러나 영희와 몇번 전화를 하고 난 뒤로 정숙 자신이 흔들리기 시작했다. 영희의 말도 주최측과 한가지였다.

"엄마, 그래도 마음이 내키지 않으시면 오지 마세요."

"내키고 안 내키는 문제가 아니고, 이를테면 육감의 문제가 아니고, 멀쩡한 정신으로 판단해보려니까 결정하기가 어렵구나. 나도 가고는 싶단다, 가고 싶어!"

정숙은 소리를 지르고 있었다.

네살이 된 지호가 전화를 바꾸더니 응석 섞인 말투로

"할머니, 보고 싶어요. 그리스 식당에서 그 생선찜 먹어요."

했다. 작년 여름에 갔을 때 그 요리가 맛있어서, 어떻게 만드는가 영희에게 알아두라고까지 했었다.

"그래, 할머니하고 그 집에 또 가자."

"버거킹도요."

한다.

"그럼, 그 버거킹에 가서 먹자. 그리고 건너편 책가게 가서 책도 사자."

이렇게 말을 해놓고 보니 정숙은 부쩍 가고 싶어 조바심이
났다. 그후에도 영희와 몇번 통화했으나 그때마다 달라진 것
은 없다 하고, 그러나 마음 내키지 않으면 오지 말라는 말을
덧붙였다. 영희도 육감이라는 것을 무시하지는 않는 것 같았다.
어릴 때부터 '육감'이라는 말을 어미에게서 들어온 탓이리라.

주최측에서는 더 간절한 이메일이 왔다. 참석하고 싶은 사
람들이 대기자 명단에 팔십명이나 올라 있으니, 기준이 가지
않으면 난처하다는 얘기였다. 오천여명이 한꺼번에 죽고 펜타
곤이 공격을 당했는데도 일반시민 생활에 변화가 없다니 미국
은 과연 크기는 큰 나라구나 하고 정숙은 생각하지 않을 수 없
었다.

영희의 말도 주최측의 말도 매번 똑같고, 곧바로 있을 듯하
던 추가 테러도 없었다. 없으니까 안심이 되기도 하나, 없기
때문에 앞으로 언제 있을지 더 불안하다면 불안했다. 하기는
테러가 아니더라도 비행기 사고는 언제나 있을 수 있는 일이
고, 사고의 빈도로 따진다면 국내에서의 자동차 사고가 더 많
다. 그렇다고 해서 자동차를 탈까 말까, 차 사고가 두려워 집
밖에 나갈까 말까 하는 사람이 있다는 말은 들은 적이 없었다.

시간이 갈수록 정숙의 마음이 가는 방향으로 기울어지고 있
었는데, 10월 8일 새벽 한시에 미국의 B2 스텔라 폭격기가 카
불에 공습을 시작했다. 드디어 전쟁이 일어난 것이다.

그날은 기준도 가지 않기로 결정했다. 그는 주최측에 이메

일을 보냈다. 정숙은 전쟁이 확실하게 났으니까 미국은 전쟁하는 나라고, 전쟁중인 나라에서 무슨 뚱딴지같이 씸포지엄을 하겠느냐고 했다.

"연기하거나 취소할 거예요. 잘되었네, 오히려 그쪽 사정 때문에 못 가게 된 것이니까."

그러나 그쪽에서 이메일이 바로 왔다. 씸포지엄은 전쟁과는 아무 상관이 없으니 참석해달라는 내용이었다. 기준은 답장을 보내지 않았다. 이삼일 지나서 다시 같은 내용의 이메일이 왔다. 기준은 이번에도 답장을 하지 않았다. 그는 뉴스에만 귀를 기울이고 있었다. 아프가니스탄에서는 미국 폭격기의 일방적 공격 같았다. 정숙은 전쟁이 빨리 끝나기를 간절히 바랐다.

시간은 흘러서 비행기표를 취소할 수 있는 마지막날이 하루하루 다가오고 있었다. 주최측에서 이메일이 또 왔다.

"갈 거예요?"

하고 정숙이 물으니까, 기준은

"글쎄."

했다.

"그러면 안 갈 거예요?"

해도

"글쎄"라고만 했다.

비행기표를 취소할 수 있는 마지막날이 하루 앞으로 다가왔다. 기준은 저녁모임이 있어 나가면서

"가부간 오늘중으로 결정을 해서 내일은 KAL에 알려주어야 하고, 그쪽에도 알려주어야 대비를 할 텐데, 자기도 생각 좀 해두어."

했다.

평소에는 정숙이 무엇인가 결정을 못하면 기준이 결정해주어서 편했는데, 이제는 그녀에게 맡기는 것 같으니까, 갑자기 그녀는 조바심이 났다.

그녀는 혼자서 곰곰이 아무리 생각해보아도 결정을 할 수가 없었다. 답답해서 이럴 때 동전이라도 한번 던져볼까 하는 생각이 들었다.

그녀는 안방 바닥에 방석을 깔고 마치 거기에 귀신이건 신이건 어떻든 초인간적인 그 무엇이 있는 것처럼 긴장하며 자세를 고쳐앉았다. 세 번 연이어 겉이 나오면 가기로 하고, 백원짜리 동전 한개를 위로 던졌다. 그러나 열 번을 시도해보아도 연이어 세 번 겉은 나오지 않았다. 마지막으로 단 한번으로 정하자 하고 한껏 높이 던지니까 뚝 떨어지며 겉이 나왔다.

"어머, 가라고 나왔네. 가야지, 가는 거야! 이제 그만 생각하기다. 생각을 그토록 했어도 아무 소득도 없었잖아? 가는 거다, 가는 거야!"

그녀는 혼자서 소리내어 말했다.

기준이 귀가하자 그녀는

"우리 가기로 합시다."

했다.

"왜?"

"동전 점 쳐보니까 가라고 나왔거든."

"동전 점 때문에 간다구?"

"그러면 무엇으로 정해요? 생각을 아무리 해봐도 결정할 수
가 없으니?"

기준은 한참 생각하고 나서,

"자기가 가고 싶으면 갑시다. 자기 말대로 인명은 재천이라
니까."

한다.

"비행기 한번 타는데 이 야단을 하며 가다니, 참! 생각하니
우스워죽겠네."

"자기는 요즘 생각할 거리가 생겨서 신난 것같이 보이던데?"

"그건 또 무슨 말이지? 내가 생각할 거리가 없었다는 말 같
은데?"

"생각해보면 알 게 아니야? 사십년을 함께 살아왔지만 요즘
처럼 골똘히 생각하고 초조해하는 모습은 처음 보았으니까."

"당연하지 않아요? 생사가 달린 문제인데, 그 문제의 직접
원인은 가도 그만 안 가도 그만인 논문발표인데다가, 또다른
이유도 손자들 보고 싶어서 가는 것이니, 말하자면 그것도 가
도 그만 안 가도 그만인 일이잖아요? 갈 기회는 얼마든지 있는
데, 그런 일에 하필 지금 이 시기에 목숨을 거는 도박을 하는

꼴이니까 생각이 이리저리 헛갈리는 거지. 요컨대 가고 싶어 죽겠는데 그놈의 비행기 테러 때문에 생각을 하게 되는 거지. 아이구, 어지러워, 이러다가 혈압 올라갈 것 같아요."

"혈압 걱정하면서까지 갈 건 뭐요? 그만둡시다, 그만둬. 자기 혈압이라면 난 질색이니까."

기준이 단호하게 말하니까 정숙은 당황했다.

"정말 그만둘 테요? 혈압이 올라도 약 먹고 있으니까 괜찮을 거고, 이제는 약이 내 증세에 맞으니까 계속 괜찮거든? 동전 점은 가라고 나왔고, 내 육감도 괜찮은데?"

"그러면 혈압 얘기는 다시는 하지 말라구!"

"안한다니까!"

"그렇다면 가기로 하지. 우왕좌왕 그만 하고. 더 생각할 시간도 없어. 이제 이것으로 끝. 갈 준비나 해요"

하고 기준은 서재로 가버렸다.

정숙은 가방을 가지러 가려다가 퍼뜩 대학동창인 순애가 생각났다. 얼마 전부터 신들려서 그것을 뿌리치느라고 가톨릭 영세를 받았는데, 여전히 사람의 속이 훤히 들여다보이고, 그녀가 예언한 것이 맞아서 친구들이 사업이 막히면 찾아가고, 어디가 아프면 죽을병인가를 물어보러 간다는 소문이 돌고 있었다.

정숙은 순애에게 전화를 걸었다. 순애가 대뜸 전화에 나왔다.

"잘 있었니? 나, 정숙이야."

하니까, 순애는

"네가 전화할 줄 알았어."

했다. 신들리면 성대도 변하는지 조금 거칠거칠 쇳소리가 섞인 음성으로 순애는

"너 뭐 물어보고 싶은 것 있지?"

했다.

얘가 정말 신이 들렸나 생각하며 정숙은

"넘겨짚지 말어. 친구한테 전화도 못하니? 잘 있겠지만 궁금해서 전화 한번 해본 거다. 미국에서 저 난리가 났으니 공연히 뒤숭숭하잖니?"

했다.

순애는 껄껄 웃으며

"정숙아, 그렇게 빙빙 돌리지 말어, 너 미국 갈까 말까 하는 거지? 미국 가고 싶으면 가거라. 지구 끝까지든 하늘 끝까지든 걱정할 것 없다."

한다.

정숙은 속이 서늘해지지 않을 수 없었다. 신들린다는 게 이런 거로구나!

"네가 어떻게 그걸 아니? 정말 신기하다. 사실은 워싱턴에 가야 하는데 하필 이 난리니…… 또 테러가 있을 거라 하지 않니?"

"테러 아니라 테러 할애비도 어림없지."

"정말? 그런데 내 남편도 가야 하거든?"

"그 양반도 아무 걱정 없다. 잘 다녀오너라. 두말 말고."

"얘야, 넌 마치 써놓은 글 읽듯이 하는구나. 그 사람 목소리도 안 들어보고 그러니?"

"네 목소리에 과부 될 낌새가 없으니, 걱정 마. 테러 속에 허니문을 떠난다…… 그 참 멋지다."

"농담 말어, 애, 우리는 심각하단다. 네 결정에 따를 테니까 정색하고 말해봐."

"걱정 말라구, 아무 걱정 말구 잘 다녀와. 올 때 비행기 안에서 파는 볼펜이나 사다줘."

"물론이지. 한 쎄트 사다줄게."

"그래, 고맙다. 점심은 내가 살게."

"볼펜 열 개 때문에 점심을 사니? 점심은 내가 사겠다. 네 덕에 가서 손자들 보게 되니까 당연히 내가 산다."

"그렇게 해라. 네 밥은 아무리 비싼 것이라도 먹을 때는 속 편하니까. 한 번 아니라 열 번이라도 먹어줄게. 잘 다녀와. 자, 전화 끊자, 딴 전화가 또 오니까."

"알았어, 미안, 미안, 안녕."

전화를 끊으니까 정숙은 머릿속 한구석에 자리잡고 있던 거미줄 같은 것이 단번에 날아가버린 것 같았다.

"이렇게 간단한 것을 한 달씩이나 안고 끓였어!"

순애가 저토록 자신있어하고, 그녀 자신도 육감이 나쁘지

않았고, 동전 점도 그렇고…… 그렇게 생각하니까 한편 피식
웃음이 나왔다. 가고 싶으니까 어떻게든 그쪽에다 유리한 생
각을 주워모으고 있었기 때문이다.

"여보, 갑시다."

하고 그녀는 인터폰에 대고 소리쳤다.

그녀는 안방문을 열고 나가서 서재 문을 노크하고, 열고, 들
어가서 얘기하고, 다시 나와서 안방으로 가는 절차가 귀찮아
서 핸즈 프리 인터폰을 설치해두었다.

기준이 서재 문을 열고 나오며

"가기로 했잖아?"

하고 놀란 얼굴을 했다.

"응, 더 확실히 해두는 거라고."

그녀는 순애와 통화한 것은 말하지 않았다. 이제 미신까지
믿는다고 비웃을까 해서다.

"깜짝이야! 또 무슨 별난 일이나 난 줄 알았지. 난 간다고
이메일을 이미 보냈어."

하며 기준은 서재로 들어가버렸다.

한 달 가까이 우왕좌왕하던 워싱턴행은 단번에 확고히 가기
로 결정이 난 것이다. 신들린 순애가 마지막 결정을 속시원히
내려준 셈이었다. 정숙은 영희에게 국제전화를 걸었다.

"얘야, 우리 가기로 했다."

영희는 잘했다며 기쁨을 감추지 못했다.

"덜레스 공항, 오전 열한시 삼십분 도착이다."

"네, 마중나가겠어요. 범우하고 같이 가겠어요."

영희는 좋아서 어쩔 줄 모르는 것 같았다. 이번에는 내키지 않으면 오지 말라는 말을 하지 않았다.

전화를 끊자 정숙은 붙박이장에서 여행용 큰 가방과 기내용 작은 가방을 꺼냈다. 그리고 준비해둔 해외여행 때 보는 메모 용지를 옷장 서랍에서 꺼냈다.

정숙 내외는 해외여행을 하면 그때마다 한두 가지 잊어버리는 것이 있어서 여행지에서 난처한 적이 여러번 있었기 때문에, 메모를 해두고 여행할 때마다 변호사가 육법전서를 참조하듯이 그것을 보며 짐을 쌌다. 메모해둔 것에는 크게 A, B, C, D, E항이 있고, 각 항마다 다시 소항목이 있다. A (1)여권 (2)비행기표 (3)네 가지 혈압약(혈압약, 안정제, 메바코, 백 밀리그램짜리 아스피린) (4)백내장용 점안약 (5)신용카드와 약간의 현지 잔돈. A에 속하는 물품 중 한가지라도 없으면 여행은 불가능하기 때문에 A항이 첫번째에 씌어 있다. 혈압약은 정숙에게는 비행기표만큼이나 필수품이다. 하루라도 먹지 않으면 안되는데다가, 의사 처방 없이는 절대로 구할 수 없는 약이기 때문에 여행지에서 급히 구하기는 불가능이다. (6)여행용 얇은 수첩(현지 연락처와 국내의 가까운 친지의 전화번호가 적혀 있다. 이것은 A항의 다른 것들만큼 필요불가결한 것은 아니나, 여행중에 유용하고 부피도 작으니까). A항의 것은 손에서 놓지 않고 늘 몸에 지니고 다니는 핸드백에 넣는다. B항은 목욕실용 가벼운 슬리퍼뿐이다. 일본을 제외하고는 서구의 어느 호텔에도 슬리퍼는 없다. 목욕한 맨발에 구두를 신을 수 없고, 구두 신고 다니던 양탄자를 맨발로 밟을 수는 없다. 정숙은 실내용 슬리퍼를 두지 않는 서양 사람들의 위생관념을 이해할 수 없었다. C항은 상비의약품들이다. (1)소화제 (2)지사제 (3)내복용 소염제 (4)외과용 소염연고 (5)내복용 진통제 (6)몸에 붙이는 소염진통약 (7)옷에 붙이는 더운 찜질회로(허리 디스크가 재발할까봐 여름 겨울을 가리지 않고 체류기간의 길이만큼 챙긴다. 회로 한 봉지는 이십사시간 보온이 유지된다. 이것은 비상용으로 하나를 따로 핸드백에 넣는다) (8)밴디지 (9)죽염(목양치할 때 쓴다) (10)정로환(장이 좋지 않을 때 혹은 잇몸 아플 때 바르면 효과가 있다) (11)아스피린과 타이레놀. D항은 의류다. (1)잠옷(일본 외에는 잠옷은 호텔에 없다. 간혹 두꺼운 샤워가운이 있는 데도 있어 그것을 잠옷 대신에 쓸 수도 있으나, 너무 두꺼워서 불편하다. 기준은 일본 것도 불편해하기 때문에 일본 여행 때도 기준의 잠옷은 가지고 간다) (2)내의(여름이건 겨울이건 준비한다. 감기 들었을 때 중요한 보온제 역할을 한다. 여름에도 감기는 든다) (3)팬티와 양말(체류기간에 따라 개수가 달라진다) (4)겉옷(외출용과 실내용, 리셉션용 등. 그리고 카디건. 카디건은 여름에도 가지고 간다. 리무진 버스 등 냉방이 강할 때나, 고지대나 해변가의

바람이 추울 때에 대비해서). E항은 (1)세면도구와 화장품 (2)
돋보기안경과 썬글라스 (3)챙 달린 모자 (4)빨랫비누(반드시
작은 고체비누. 가루비누는 마약가루로 오해될 우려가 있으므
로)와 고무장갑(호텔에서 간단한 세탁을 할 때 필요하다) (5)
우산(둘이 함께 가더라도 가벼운 것으로 하나만) (6)운동화
(정숙 것에 한한다. 산책 등 오래 걷게 되는 것에 대비). E항의
것은 잊어버려도 시간을 다툴 만치 급한 물품이 아니며, 현지
에서 조달하기도 쉽기 때문에 가장 나중에 챙긴다.

정숙은 여행용 큰 가방의 뚜껑을 열고 메모한 것을 보며 한
가지씩 넣었다. 의약품 중 집에 없는 것은 체크해두었다가 나
중에 사다 넣는다. 가을이라 바바리코트를 넣었다. 워싱턴과
서울은 위도가 비슷하니까 기온도 비슷했다. B항에서 E항까지
두 사람 것을 정숙이 혼자서 준비하는 데 한 시간은 넉넉히 걸
렸다. 떠나기 전날까지 옷은 몇번 바뀌기도 한다. 되도록 간편
하게 준비하나 혹시 필요할까 해서 넣었다가 "아이구, 짐만 될
라" 해서 뺐다가 그래도 또 어찌 알랴 싶어 도로 넣었다가 한
다. 일주일 예정의 여행일 때도 준비가 완결될 때까지 소요되
는 시간을 모두 합치면 두 시간이 넘을 때도 있었다. 기준의
세면도구며 논문은 기준이 챙긴다. A항도 기준의 것은 기준이
챙긴다. 그는 혈압은 정상이나, 잠을 잘 못 자기 때문에 수면
제를 챙긴다. 기내에서 기준은 잠을 자지 못하기 때문에 읽을
책을 가지고 가나, 정숙은 시력도 좋지 않고, 기내에서는 거의

잠을 자기 때문에 읽을 책을 따로 준비하지 않는다.

큰 가방의 뚜껑을 닫고 나서 정숙은 서재의 인터폰에 대고 소리쳤다.

"여권 준비됐어요?"

"소리 좀 그만 질러. 다 준비됐어."

"여권과 비자 기한도 확인해요."

"했어."

"비행기표는?"

"걱정 말어."

"한번 더 보고, 손가방에 미리 넣어두어요. 윗도리 포켓에 넣지 말구. 다니다가 잃어버리면 안되지. 그리고 아이들이 열어볼 것 중에 변동사항이 있으면 써넣어두어요."

아이들이 열어볼 것이라 함은 일종의 유언장이다. 그것은 기준의 컴퓨터에 들어 있었다.

"사업가라면 몰라도 교수한테 무슨 변동사항이 있겠어? 우리가 뭐 주식투자를 했어, 로또를 샀어. 별걱정을 다 하네!"

"내일모레면 간단 말이에요. 하루밖에 안 남았으니까 그러는 거지."

"잔소리 그만 해, 바빠, 난."

하고 기준도 소리를 질렀다. 정숙도

"나도 바빠요!"

하고 소리치며 침대에 드러누웠다. 짐 싸느라고 한 시간쯤 옷

장을 여닫고 세탁실 선반에서 빨랫비누며 새 고무장갑과 실장
갑을 꺼내느라고 발판에 올라갔다 내려오고, 다시 발판을 치
워놓고 하느라고 힘이 들었는지 허리가 아팠다.

그들이 떠나기 전날 하필이면 미국 상원 원내총무 톰 대술
의원에게 배달된 편지에 탄저균 가루가 들어 있었다는 보도가
있었다. 전 미국이 세균전이 시작되었나 긴장했고, 9·11테러
에 이어 21세기에 있을 또하나의 전쟁을 예고하는 것 같다고
언론에서 떠들었다. 정숙은 언제 눈앞에서 폭탄 테러가 일어
날지, 언제 탄저균 가루가 콧속에 날아들어올지도 모르는 흉
흉한 미합중국을 향해 비행기를 타고 가게 된 것이다.
언제나 만원이던 KAL의 비즈니스 클래스에 몇자리가 비어
있어서 이코노미는 어떤가 하고 정숙이 스튜어디스한테 물어
보니까 자그마치, 백사십석이나 비어서 간다고 했다. 추가 테
러가 있을 거라는 말이 분분하던 때라 비행기 탑승객이 그만
치 준 것이다. 이대로 간다면 KAL도 미국 항공사처럼 몇달 버
티기 어렵지 않을까 싶어 걱정스럽기도 했으나, 정숙은 당장
은 '이럴 줄 알았으면 이코노미 타고 누워서 갈걸' 하는 아쉬
움을 떨쳐버릴 수가 없었다.
"여행사에 자리가 어떻게 되나 좀 알아보지, 이코노미가 텅
비어 가는데……"
정숙이 기준에게 한마디했다.

기준은 들은 체도 하지 않고 책만 보고 있었다. 정숙은 기내식을 한번 먹고는 바로 잠이 들어버렸다.

정숙 내외는 순애의 예언대로 무사히 덜레스 공항에 내렸다. 공항에서 차에 오르면서부터 그녀는 귀국표는 이코노미로 바꾸어보라고 사위에게 졸랐다.

"백사십석이나 비어서 왔어. 팔걸이만 젖히면 두 다리 뻗고 누워서 갈 수 있으니 얼마나 좋아. 퍼스트의 의자보다 났다구."

정숙은 영희 집에서 묵은 지 사흘째 되는 날 기준에게 더 있다 가자고 졸랐다. 여기에 오느라고 한 달 동안 얼마나 법석을 했던가? 가랴 마랴 하고 몇번이나 번복하고, 신들린 순애의 예언까지 얻어내며 왔는데, 딱 열흘 만에 가고, 그것도 오던 날과 가는 날을 빼면 여드레밖에 안된다. 정숙은 아무래도 미련을 버릴 수가 없었다. 비행기값 아까워서라도 며칠만 더 있다가 가자고 졸랐으나, 기준은 단호하게 고개를 저었다.

"아무리 부모라도 열흘 이상 있으면 힘들고 귀찮아지는 거야. 무엇 하러 자식들을 귀찮게 하려고 그러지? 아쉬워할 때 떠나야지."

"효도할 기회도 주어야 해요. 나는 효도 못한 것이 가끔 후회되거든. 아주 심하게 말이에요."

"후회하느니 효도하지."

"나는 할 기회가 없었거든. 언니들이 다 해버려서 내 차례까지 오지 않았어."

그랬다 해도 차 한잔이라도 제 손으로 끓여서 쟁반에 받쳐 들고 영희처럼 "이것은 장미꽃 차예요. 향도 좋고 빛깔도 아름답고 카페인이 없어서 엄마가 드셔도 좋을 거예요. 드시고 좋으시면 몇박스 사드릴게요" 하고 따뜻한 말을 왜 한번도 안했을까. 아버지 어머니를 존경하면서도 몸을 움직여서 무엇을 해드려본 적이 없었던 것이 웬일인지 예순다섯 생일이 지나고 나서부터 그녀는 문득문득 죄송스럽게 느껴졌다. '철나자 무덤'이라고 하는데 내가 죽으려고 이러나? 하는 생각도 들었다. 그래서 영희가 힘들더라도 효도하는 기회를 갖게 하는 것도 괜찮다고 생각하는 것이다. 내가 살면 몇년을 더 살랴……

"효도를 못했으면 자식들한테라도 잘해주어보라구! 저승에 가서 후회하지 말구."

하고 기준이 말했다.

"어머, 저이 봐, 내가 여기까지 와서 설거지 거드는 것 못 보았어요?"

"보기는 보았지. 기계로 돌리는 것 말이지?"

"자기는 그것도 안했어."

"내일은 내가 할 테니까 염려 말어."

하며 기준은 컴퓨터로 돌아앉았다.

"약속했어!"

정숙은 침대로 들어가며 소리쳤다.

"그래, 했어. 옆방의 애들이 잠도 못 자겠네, 목청 좀 줄이라고."

정숙도 영희의 일과가 빠듯한 것을 알기 때문에 더 있다 가자고 계속 우기지는 못했다.

영희 집에서 가장 일찍 나가는 식구는 아홉살 난 주리였다. 주리가 등교하고 나면 영희는 범우와 네살 된 지호의 아침 먹는 것을 돌보아주었다. 범우가 출근하고 나면 다음에는 지호의 유치원 스쿨버스 타는 것을 보고 온다. 영희는 오전 내내 쉴 시간이 없는 것 같았다. 정숙 내외가 거기에 포크, 나이프, 접시, 컵 둘씩을 더 보태었고, 많으나 적으나 세탁감도 보태었을 것이니, 아무리 기계로 한다 해도 영희의 일이 늘어났음은 틀림없을 것이다.

영희는 부모에게 점심 저녁은 거의 매일 외식으로 다른 요리를 대접했다. 그리스 요리, 이태리 요리, 인도, 태국, 베트남, 프랑스, 일본, 중국 요리, 멕시코 요리 등. 같은 나라의 음식점이 몇군데 있으나, 영희는 부모를 위해서 어느 집 요리가 맛있는지 그들이 오기 전에 미리 가서 먹어보고 안내를 했기 때문에 정숙은 먹을 때마다 만족했고, 더구나 그 값싼 것에 더 만족했다.

정숙은

"서울에서 이 식구가 이렇게 먹으면 얼마겠어? 여기서는 얼마냐? 아이구 맙시사, 반의 반 값도 안되네!"

딸네 식구들은 어린 지호까지 빙글빙글 웃기만 했다. 정숙은

"질은 좋고 값은 싸니 참 좋은 나라다."

하고 감탄하듯이 되풀이하지 않을 수 없었다. 기준이

"이제 그쯤 해두어, 손자들 앞에서 나라 얘기를 저렇게 하니……"

했다.

"그래요, 알았어요, 그만 할게."

말은 했으나 정숙은 서울의 음식값 비싼 거며, 값에 비해 질이 나쁜 것에는 불만을 참을 수 없었다.

영희는 이십분쯤 운전해서 워싱턴 중심지까지 가서, 정숙 내외가 가보지 못한 사설 미술관을 구경시켰다. 미술관은 초만원이었다. 뽈 끌레며 쎄잔느의 그림 중에는 생소한 것이 많았다. 어느 미술책에서조차 보지 못하던 것이었다. 어린이며 어른 들이 허가된 전시실에서 의자에 한가히 앉아 스케치북에 모사도 하고 있었다.

미술관을 나와서 테러당한 펜타곤에 가보실 거냐고 영희가 물었으나 정숙은 텔레비전 화면에서 보았다며 고개를 저었다. 건물에 깔려 숨진 장병들을 상상만 해도 그녀는 숨이 차고 어지러웠다. 영희가 정숙의 안색을 살피며 얼른 핸들을 돌렸다.

정숙은

"인명은 재천이라더니, 전쟁터에서도 죽지 않은 장병들이 펜타곤 안에서 죽다니! 유가족들은 얼마나 애통하겠니. 무역

쎈터도 그렇고, 납치된 비행기 속에서 희생된 사람들도 그렇고……"

했다.

정숙은 주리와 지호에게 다음 일요일에 헌금할 때 내도록 돈을 주어야겠다고 생각했다. 얼마를 줄까? 범우가 준 비행기 값의 십분의 일을 줄까? 십일조인가 무언가 그것대로? 그건 너무 많고…… 부자나라 미국에서 그럴 필요는 없지. 우리나라에도 필요한 데가 한두 군데가 아닌데…… 아니 무사히 비행기 타고 왔으니, 그 감사의 표시로 그래도 괜찮지 않을까? 비행기가 납치되어서 죽었다고 생각해보라구. 돈이 무슨 소용이 있겠어, 하고 생각하고 있는데, 영희가

"아프가니스탄의 모습 텔레비전에서 보셨지요?"

하며 한숨을 지었다.

"그렇지, 참, 그쪽의 여성들과 아이들은…… 맙시사, 하느님!"

정숙은 말하며 기부금은 그쪽에도 보내야 하지 않을까 생각했다. 정숙은 영희에게

"영국의 여기자가 지난 삼월에 찍은 아프가니스탄의 다큐멘터리 보았니?"

하고 물었다.

"네, 보았어요."

"우리는 하루에 열두 번도 더 하느님께 감사하다고 고개를

숙여야 할 것 같지?"

"그럼요."

하고 영희가 대답했다.

버지니아주에는 어디를 가도 지하주차장이라는 것이 없다. 어디에 가도 널찍널찍한 지상주차장은 보기만 해도 속이 시원했다. 마냥 넓은 땅에 단풍이 들기 시작한 나무와 숲이 우거져 있었다. 넓은 것은 좋으나 달걀 한줄을 사려 해도 자동차로 십분은 달려야 하는 것은 문제였다. 휘발유가 없다면 여기 사람들은 어떻게 살까 싶다.

정숙은 사지 않더라도 보기라도 하자고 생각하며 이번에도 쇼핑몰에 갔다. 세계 각국에서 온 그릇이며 전기스탠드며, 의복, 핸드백, 구두, 장난감, 실내 장식품, 가구 등을 파는 수많은 가게들이 있다. 가게마다 다 들여다보려면 며칠이 걸려도 불가능할 것이다. 기준은 쇼핑에는 흥미가 없다고 해서 책방에 내려주고 모녀만 갔다.

영희는 정숙이 다리 아파할까보아 휠체어를 빌려와 태워서 밀고 다니기도 했다. 정숙은 그 어떤 상품보다도 주방기구며 그릇을 보고 다녔다. 그릇가게는 작년에 왔을 때 감탄하며 보고 또 보던 접시며 찻잔도 있으나, 그보다 더 멋진 디자인의 것이 새로 나와 있었다. 그녀는 그 찻잔으로 차 한잔을 마시면 기분이 새로워질 것 같았다. 그러나 속에서 '참아라, 참아, 지금 있는 것도 정리하고 있으면서 무엇을 또 보태려구 그래?'

하는 소리가 들렸다. 사실 그녀는 몇달 전부터 신변의 잡동사니들을 하나둘씩 버리며 정리하고 있었다. 평생 찍어둔 사진도 거의 다 없앴다. 그녀에게는 추억이 될 귀중한 사진이나 자식들에게는 아무런 감정이 일어날 리 없는 사진들이다.

이 거대한 쇼핑몰에도 질이 낮은 상품은 얼마든지 있다. 정숙은 사지 않아도 상급품을 보는 것을 즐겼다. 영희는

"엄마는 요리하는 취미는 없으신데, 그릇에 취미가 많으신 것이 이상해요."

했다. 정숙은

"벽에 걸어둔 그림을 한 달에 몇번이나 쳐다보니? 그릇은 먹을 때마다 보지 않니? 무엇을 먹을 때는 기분이 좋아야 소화도 잘되는 거다. 엄마는 그래서 그릇에 취미가 많단다. 그릇은 생활미술품이다. 너는 내가 사지도 않을 걸 보느라고 왜 시간만 보내나 하겠지만, 화랑에 가서 그림 보는데 꼭 사기 위해서 보니? 옛말에 좋은 것을 보면 눈이 살찐다고 했어."

그리고 "여자가 아무것도 보고 싶지도, 갖고 싶지도 않다, 모두 다 귀찮다는 지경에 이르면 그때는 마지막이다"라고 하시던 그녀의 할머니 말씀을 들려주었다. 정숙의 할머니는 영희의 외증조모가 된다. "사람에게 그만한 욕망도 없을 때는 죽은 것과 같은 것이야."

의식주에 비교적 사치스러웠던 할머니의 지론이었다. 할머니 말씀이 옳은 것 같았다. 비록 내일 죽더라도 살아 있는 동

안은 그만한 욕망은 가져야 하지 않을까? 정숙은 쇼핑몰을 나
오며

"영희야, 한번 더 보고 역시 좋으면 그 찻잔 두 개를 사야겠
다. 아빠 것하고 내 것하고."
하고 말했다.

영희가 사는 동네며 워싱턴 D.C.의 거리는 9·11의 그 테러
를 당하고 또 추가 테러 위협이 있는 고장 같지 않게 유유자적
하고 평화로운 것이 정숙에게는 신기했다. 미술관이나 식당이
나 쇼핑몰이나 책방이건 슈퍼마켓이건 어디를 가나 사람들은
밝은 낯으로 먹고 일하고 웃고 있었다. 스치며 시선이 마주치
면 남녀 할 것 없이 "하이!" 하고 반갑게 인사를 했다. 검은 피
부건 흰 피부건 노란 피부건, 심지어 차도르를 입은 사람들도
그랬다. 차도르를 입었어도 얼굴은 내놓고 있는 것은 아프가
니스탄의 여인들 풍습과는 다른 성싶었다. 외교관의 가족들인
지 아랍계 미국인들인지는 모르겠으나, 이슬람교도에 대한 감
정이 좋을 리가 없는 그 나라에서 그 참사가 있은 지 채 두 달
도 안된 시점에 차도르를 입고 나올 수 있다는 것은 미국인들
이 이미 이성을 되찾은 것이 아닌가 싶기도 하고, 어쩌면 그녀
들이 알라를 믿고 안심하고 있는지도 모르겠다고 정숙은 혼자
서 생각해보았다.

"서울에서 생각하던 것과는 너무나 다르다. 작년 여름이나

지금이나 아무것도 달라진 게 없지 않니? 성조기 단 것 말고는."

정숙이 이상하다고 말하니까, 영희는

"당할 때 당하더라도 살아 있는 동안은 평화롭게 살아야
지요."

했다. 영희뿐 아니라 이웃들도 다 그렇게 살고 있다고 했다.

"참 좋은 생각이다. 불확실한 앞날을 걱정만 한다고 얻는 것
이 무엇이 있겠니? 살아 있는 동안은 열심히 살아야지."

하고 정숙은 말했다.

테러가 있었음을 상기하게 하는 것은 집집마다 걸린 성조기
였다. 타운 하우스건 씽글 하우스건 아파트건 공공건물이건
집집마다 하나씩은 다 걸고 있고, 두 개를 내건 집도 많았다.
어떤 집은 이층 유리창을 성조기로 모조리 도배를 하고 있었
다. 인도와 맞닿은 정원 끝에도 집집마다 야트막하게 성조기
가 꽂혀 있었다. 그러나 영희 집 현관에는 이웃집들처럼 성조
기가 걸려 있지 않았다. 정원 끝에 꽂혀 있는 작은 것은 어느
날 아침에 나가보니 누군가가 집집마다 그렇게 꽂아놓았더라
고 했다.

"너의 집에만 성조기가 없고나."

하고 정숙이 말하니까, 영희는

"성조기는 도저히 못 달겠던데요. 그렇지만 희생당한 사람
들을 위한 모금운동에는 참여했어요."

했다.

"흠흠, 그렇구나…… 국기라는 것이……"

정숙은 영희가 한국인이라 성조기만은 내걸 수 없었을 것이다 하고 고개가 절로 끄덕여졌다. 슈퍼나 쇼핑몰에는 성조기 뱃지를 옷깃에 단 사람도 많이 보였다. 쇼핑몰에 전에는 보지 못했던 성조기와 성조기 뱃지를 파는 판매대도 있었다. 거리에는 수많은 자동차들이 성조기를 달고 달리고 있었다. 정숙이

"성조기를 언제까지 저렇게 내걸고 있을까?"

하고 물으니, 영희는

"테러에 죽은 원혼들이 모두 안심하고 저승으로 갈 때까지가 아닐까요?"

했다.

"그 원혼들이 좀체 그렇게 될 것 같지 않다. 우리나라 LG의 지점장도 당하지 않았니? 보스턴 대학의 우리 여교수 한 가족도 희생됐다. 아침에 성실하게 출근하는 보통 사람들을 그렇게 하다니."

그 테러 직후에 누가 시킨 것도 아닌데 사람들이 하나둘씩 성조기를 들고 나와서 집앞에 내걸었다고 했다.

정숙은 집집마다 걸려 있는 크고작은 성조기며, 성조기를 달고 달리는 수많은 차들을 보며 미국인들의 테러에 대한 분노가 성조기 속에서 하나로 뭉치고 있는 열기를 느꼈다. 그녀는 겉으로는 아무것도 변한 게 없는 듯 보이나, 평온한 일상생활 속에 감추어진 미국 국민의 무서운 저력을 느끼지 않을 수

없었다. 그러나 얼마 후에 들리는 말에는 전쟁을 반대하는 사람들 중에 성조기를 달지 않은 사람도 있다고 했다.

멕시코 요리점에서 우연히 만난 한 교포 부인은 이십년 전에 미국에 이민왔다고 했다. 이민 초기에는 생활이 궁핍했으나, 재향군인회에서 모금운동을 한다기에, 6·25때 미군 트럭에 태워져 온 가족이 죽음을 면한 것을 생각하고, 당시의 그녀에게는 거금인 오십 달러를 보냈더니 그쪽에서 정중한 감사장과 함께 수놓은 대형의 성조기를 보내왔다. 그녀는 그것을 농 서랍에 넣어둔 채 한번도 내보지 않았는데, 세계무역쎈터가 무너지고 펜타곤이 허물어지는 텔레비전 화면을 보자, 그 성조기를 이십년 만에 처음으로 꺼내서 현관 앞에 내걸었다 한다.

"그리고 희생자들이 남긴 마지막 말을 들을 때마다 눈물이 어쩌나 쏟아지는지……"

그녀는 눈물을 참느라고 한참 동안 말을 맺지 못했다. 그녀는 다정다감한 사람 같았다. 한국 사람이 미국에 이민가서 사는 동안, 저도 모르는 사이에 그 땅에 정이 들어 애국심이 우러나게 되었는지? 그 애국심에 희생자에 대한 애통함이 겹쳐져서, 한 달이 지난 지금까지도 저토록 뜨거운 눈물이 그녀의 목을 메우고 있는지? 그녀의 눈물을 보며 정숙은 당황하면서 '정들면 고향'이라는 말의 실체를 눈앞에 보고 있는 것 같았다. 그녀는 미국에 살고 있는 영희와는 다른 또하나의 한국인이었다.

공항청사의 운송직원인 성싶은 유니폼을 입은 흑인 둘과 백인 둘이 한조가 되어 카트에 짐을 싣고 지나가며 늘어선 줄을 보고

"당신들도 KAL?"

하며 놀랍다는 표정을 짓는다.

"그래요, KAL이에요."

누군가 유창한 영어로 대답했다. 그 말 속에 자랑스러운 투가 있는 것은 정숙의 기분 탓일까. 앞뒤에서 간간이 들리는 말은 외국 항공보다는 한국 것이 안전하다 해서 외국인들도 이 비행기를 타기 때문에 승객이 많다는 것이었다.

"그게 아니고 동남아로 가는 직행선은 없고, 서울 직행선은 KAL밖에 없는데다가 짐검사를 꼼꼼하게 하니까 시간이 걸려서 승객이 많은 것처럼 보일 뿐이야."

이렇게 우리말로 내뱉듯이 말하는 사람은 무슨 심사가 꼬인 사람 같다. 이유가 무엇이건 승객이 많은 것은 확실한데 거기에 왜 토를 달까?

"테러 덕이나 본 것처럼 생각하지 말라구!"

그는 또 화난 사람처럼 내뱉었다. 동료처럼 보이는 청년하고 앞뒤로 서서 말을 주고받는데, 그러니까 이토록 많은 승객이 있는 한국의 항공사가 자랑스럽다는 것인지, 고작 남의 불운 덕이나 보는 시시한 일이다라는 것인지? 아니면 정숙처럼

팔걸이 젖히고 싼값으로 누워서 가려던 꿈이 깨어져설까? 언제 차례가 될지 마냥 서서 기다리니까 답답한데 그런 말이라도 들으니 자극이 되어 나쁠 것은 없다고 정숙은 생각했다.

줄이 조금 움직였다. 이미 한 시간이 지났는데도 겨우 이십 미터나 줄어들었을까? 그녀의 뒤에는 사리를 입은 인도의 노부부도 보이고, 저만치 앞의 한 태국인 가족은 서울에서 갈아탈 거라는 얘기를 이미 정숙에게 말해서 알고 있었다. 늘어선 줄에는 백인도 많이 있었다. 문자 그대로 국제선이었다.

"어휴! 다리 아파 죽겠네. 언제 우리 차례가 되지?"

정숙은 앉을 만한 데가 없을까 하고 두리번거리나 몇 안되는 의자는 물론이고, 나지막한 냉난방시설 위까지도 앉을 만한 공간은 이미 꽉차 있었다.

기준이 카운터까지 갔다 오더니

"네 개 카운터에서 일을 보는데도 이래. 테이프 안은 넉 줄이야."

했다. 그는 또

"비즈니스 클래스는 한 사람도 기다리지 않아, 승객이 적은가봐."

정숙은 그 말에 조금 미안한 생각이 들었다. 기준은 정숙 때문에 주최측에서 준 비즈니스 표를 물리고 이코노미로 바꾸었다. 내가 누워서 가려는 얌체짓 하려다가…… 잘못 짚었어. 정숙이 이런 생각을 하는데 앞에 서 있던 기준이 금세 또 어디로 갔는지 보이지 않았다. 기준은 한군데에 계속 서 있는 것이 갑갑한 모양이었다.

'그새 또 어디로 갔지? 나도 갑갑한데 혼자만 돌아다니네. 가방이고 뭐고 다 내버려두고…… 나도 자리를 뜨면 가방은 어찌되라구?' 정숙은 속으로 투덜거리며 목운동을 하고 허리를 앞으로 구부렸다 뒤로 젖혔다 좌우로 꼬았다 하며 운동을 했다. 두 시간 가까이 거의 한곳에 서 있으려니 다리며 허리가 아파서 힘들었다. 다른 사람들도 더러 맨손체조도 하고 제자리뛰기도 하고 있었다. 그녀 뒤에도 어느 사이엔가 백여 미터쯤 되는 줄이 공항청사의 벽을 따라 ㄷ자로 서 있다. 정숙은 점점 화가 치밀어올라서 '나도 가방 버려두고 돌아다닐까, 그만!' 하고 속으로 중얼거리고 있는데 기준이 '유에스에이 투데이'(USA TODAY) 한장을 사들고 왔다.

"탄저균 가루가 또 우송되었대. 스산하군. 앉아서 차 마시는 데라도 있나 하고 돌아보았는데 거기도 만원이야. 교대로 가서 차 마시면 다리도 덜 아프고 좋겠는데. 이런 때는 혼자 여행하는 사람은 힘들겠어. 꼼짝 못하고 짐을 지키고 있어야 할 테니까. 이제 내가 지킬 테니까, 자기도 한바퀴 돌고 까페테리어에도 가보아. 앉을 자리가 났을지도 모르니까."

정숙은 그의 말을 듣자 조금 헤쩍했으나

"어디로 가려면 간다고 말을 하고 가요. 사람 답답하게 하지 말구."

하고 투덜거렸다.

비행기 출발 이십분 전에야 정숙은 가방을 체크인하고 기준과 달리다시피 탑승구로 갔다. 비행기는 예정대로 정각 오후 두시에 출발했다. 이코노미 클래스는 빈자리가 하나도 없이 꽉차 있었고, 정숙의 좌석은 왼편으로 나가려고 해도 "실례합니다", 오른편으로 나가려 해도 그 소리를 해야 하는 한가운데였다. 그녀 옆의 사십대가량의 백인 여성은 그녀의 두 배는 됨직한 육체의 소유자였다. 그녀의 다리와 앞의자 등받이 사이를 빠져나갈 수 있으리라는 것은 상상할 수도 없었다. 그녀는 캐나다인인데 직장이 싱가포르에 있어서 휴가를 마치고 돌아가는 길이라 했다. 음성도 상냥하고 표정도 상냥했다. 그녀는 "나는 대한항공과 아시아나를 자주 이용합니다"라고 말했다. 정숙은 고맙다고 했다. 오른쪽의 기준은 이미 앞의자 등뒤에 설치된 식탁을 내려서 책을 펼쳐놓고 있었다. 그의 앞을 지나가려면 절차가 복잡할 것 같았다. 그의 옆 좌석에는 유달리 키가 큰 서양인 남성이 긴 다리가 앞의자에 닿는지 복도 쪽으로 뻗고 비스듬히 앉아 있었다. '자리를 한번 뜨려면 힘들게 되었어, 좌석치고는 최하네!' 팔걸이 젖히고 다리 뻗고 누워서 가리라던 그녀의 기대는 너무도 철저히 깨어져버렸다. 올 때의 백사십석의 빈자리가 원망스러웠다.

기내식의 비빔밥은 입속에서 모래알처럼 왜글거렸다. 잠 잘 드는 정숙도 잠들지 못했다. 좌석이건 음식이건 사실은 큰 문제는 아니다. 안전하게 서울에만 데려다주면 된다고 그녀는 생각했다. 뉴욕 세계무역쎈터에 유나이티드 에어라인이 붉은 불을 뿜으며 들이꽂히는 광경이 눈앞에 겹치고 또 겹쳐졌다. 그 때문에 정숙의 요구사항이 이렇게 쪼그라든 것이다. 할머니가 살아 계셨다면 무어라고 하셨을까? "망할 놈의 테러 같으니라구, 우리 손녀를 저렇게 쪼그라뜨리다니! 내가 그냥 둘 성싶어?"라고 하셨을까? 할머니는 무조건 팔이 안으로만 굽는 사람이었다.

"할머니, 죄송합니다. 저는 요즈음 점점 욕심이 쪼그라들고 있어요. 제가 살고 있는 지구상에는 아무 죄 없는 사람들이 헐벗고, 얼어죽고, 굶어죽고, 테러에 죽고, 전쟁에 죽고 있어요. 편히 먹고 편히 잘 수 있는 것만도 조상의 은덕이라고 생각하고 있습니다."

"안된다, 안돼! 내 손녀가 쪼그라들다니! 내가 그놈들을 가만히 두나봐라!"

대청 끝에 서서 댓돌 아래 마당에 눈을 내리깔며 쩌렁쩌렁 소리치시는 할머니의 모습이 보는 듯 눈에 선하다.

기내 텔레비전은 비행기의 고도며 외부 온도며 목적지까지의 남은 거리 등을, 우리말과 영어와 아랍어로 수시로 보여주고, 태평양을 가운데 둔 세계지도 위에 정숙이 탄 KAL이 어디쯤 와 있는가 명료하게 보여주었다. 우리나라 비행기가 삼개

국어로 안내판을 쓸 만큼 큰 것에 정숙은 뿌듯해지며 '우리도 많이 컸어' 하고 속으로 말했다.

정숙은 칠십년대 초, 독일 항공 루프트한자를 타고 유럽에 처음으로 가던 때가 생각났다. 부부가 함께 출국할 수 없다며 여권을 내주지 않아서 기준이 떠나고 일주일 뒤에 정숙이 떠났다. 부부가 외국에서 함께 북한으로 도주할 우려 때문이라 했다. 어차피 만나서 함께 다닐 텐데, 일주일 차로 떠난다고 무엇이 달라지는지 이해할 수 없다고, 그녀는 항의했으나, 규칙에 명시되어 있어서 어쩔 수 없다는 여권과의 말이었다. 남북의 대립이 극심한 때였다. 한번 출국하려면 신원진술서를 자필로 써야 했는데, 흘려쓴 글자 하나 없이 또박또박 여섯 장을 쓰고 나면 팔목이 아팠다. 안보교육도 받아야 했다. 주로 북한에 납치되는 일이 없도록 여러가지 사례를 들었다. 그것은 큰 종이도 필요없고, A4 용지 한두 장에 인쇄해서 제각기 읽도록 하면 되는 것을, 등받이도 없는 일자 모양의 딱딱한 의자에 여럿이 끼여앉아서 그 강의를 온종일 들어야만 했다. 여권도 단수여권이라 다시 나갈 때는 똑같은 짓을 그대로 반복해야 했다. 그 시절은 외국에 한번 나가려면 학질 뗀다고 했을 지경이었다. 그후 삼십여년…… 대한민국 국제항공기의 기내식을 못 먹겠다고 불평하게끔 된 것이다.

출국용 그 학질을 떼고 암스테르담에서 만난 기준과 정숙은 점심을 먹은 뒤 거리구경에 나섰었다. 온통 유리여서 속이 훤히 보이는 멋진 까페에 아름다운 젊은 남녀가 어깨를 서로 껴안고 차를 마시고 있었다. 하도 정겨워 보여서 우리도 저렇게 못할 것도 없지, 하며 안으로 들어갔다. 커피 두 잔을 주문하고, 팔을 돌려 서로 어깨를 껴안은 데까지는 좋았으나, 커피를 한모금 마시자마자 둘은 동시에 눈앞이 핑핑 돌고 숨이 차서 정숙은 기준의 어깨에 머리를 대고, 기준은 정숙의 머리에 이마를 대고 있었다. 둘은 한참을 그렇게 하고 있었다. 그들이 마신 것은 서울에서 마시던 싱거운 아메리칸 커피가 아니었기 때문이다.

정숙은 "우리 처음 유럽 학회에 갔을 때 암스테르담에서 커피 마시던 것 생각나?" 하고 옆 좌석에서 책을 읽고 있는 기준에게 물었다. 기준은 "생각나구말구" 하며 빙그레 웃었다. 웃는 눈가에 주름이 깊게 잡혔다. 그 터질 듯이 팽팽하고 뽀얗던 얼굴에 어느새 검버섯이 생기고, 머리칼은 반백이 되어버렸다. 우리도 늙었구나 하고 정숙은 생각했다. 남은 시간의 내리막길을 기준도 그녀 자신도 어쩔 수 없이 달리며 내려가고 있음을 그녀는 느꼈다. 정숙은 검버섯이 생긴 기준의 뺨에 길게 키스했다.

정숙은 신들린 순애에게 줄 볼펜 한 쎄트를 기내 쇼핑에서 샀다. 비행기는 무사히 인천공항에 도착했다.

"갔다 오길 잘했지?"

"그럼요!"

　그들은 떠나기 전 거의 한 달을 가나 마나 하고 속을 태운 것은 까맣게 잊어버리며 공항을 나왔다.

초콜릿
친구

김찬(金粲)은 마른 편이고 일 미터 팔십이 넘는 키였다. 그래서 영희의 방 밖에 서서 창턱에 두 팔꿈치를 올려놓고 편안한 자세로 곧잘 얘기를 하곤 했다.

영희의 방은 대문에서 이 미터쯤 떨어져 있었고, 마당의 잔디에서 일 미터 반 남짓 높이는 벽돌이고, 그 위에 넓은 유리창이 있었다. 대문에서 가깝기 때문에 찬이 나지막이

"영희야."

하고 불러도 넉넉히 들렸다. 영희는

"왔니?"

하고 현관을 나가서 대문을 열어주곤 했다.

1950년 3월 말께의 어느날 저녁, 대문이 닫히고, 찬은 곧바

로 그녀의 방 밖에서 창턱에 두 팔을 올려놓고 서고, 영희는
현관문을 닫고 방으로 들어가서 창가의 책상의자에 앉았다.

"자."

하며 찬이 네모진 예쁜 상자를 내놓았다. 열어보지 않아도 초
콜릿임을 영희는 알고 있었다. 찬은 언제나 올 때마다 초콜릿
을 조금씩 갖다주는데, 맛도 여러가지고 모양새도 각양각색이
었다.

영희가 화려한 상자의 뚜껑을 여니까, 조그마한 술병 모양
의 초콜릿 열두 개가 갖가지 색 포장으로 반짝이며 가지런히
들어 있다. 영희는

"아이구, 이뻐. 이뻐서 못 먹겠네."

하고 소리쳤다. 찬의 유난히 큰 눈이 잔잔하게 웃고 있었다.
영희는 못 먹겠다고 말하면서도, 이미 빨간 금박 포장이 된 것
을 하나 뜯고 있었다. 하나를 입에 몽땅 넣고 씹었다. 속에서
술이 나왔다.

"쓰다!"

그녀는 낯을 찡그렸다.

"쓸 거야. 술이니까. 그게 벨기에제래. 아주 고급 초콜릿
이래."

"벨기에라구? 아니 그런 것은 어디에서 사지? 난 전번의 독
일제 그 두툼한 밀크초콜릿이 더 좋더라."

하며 영희는 책상서랍에서 하나를 꺼내어 보였다.

"아직 남았어?"

하고 찬이 놀랐다.

"그건 다 먹었지. 이건 어머니가 사다주신 거야."

"참, 나, 원. 고급이라 좋아할 줄 알았는데 술이 맛없어 그런가봐."

"그래, 술이 써."

하면서도 영희는 또하나의 포장을 뜯어서 입에 넣으며

"찬은 안 먹어?"

하고 비로소 물었다. 찬은 고개를 저었다.

"초콜릿이 싫니?"

찬은 고개를 끄덕였다. 영희는,

"네가 싫으니까 네 몫을 주는 거지?"

하며 까르르 웃었다.

해방후 혼란기가 가시지 않은 그 무렵에 국산 초콜릿이라는 것은 없었다. 비스킷 정도도 먹을 만한 것은 거의 외제이던 때다. 국가산업의 발전 같은 것은 들은 적도 없고, 관심도 전혀 없던 영희는 학교와 집이라는 아늑한 울타리 속에서 나날이 늘 평온했었다.

찬은 창턱에 두 팔을 얹은 채 영희의 방을 두리번거렸다. 그리고

"내 방보다 확실히 예쁜데."

하고 혼잣말처럼 했다.

74

"새삼스럽게 왜 그러니, 몇번 와봤으면서?"

"아니, 잘 보지 못했어."

하고 찬은 낯을 조금 붉힌다. 그러고 보니 찬을 사귀기 시작한 지 반년쯤밖에 되지 않았고, 찬이 영희의 집을 찾아온 것은 석 달 남짓 될까?

찬은 처음 왔을 때는 초콜릿만 주고 달아나다시피 했다. 올 때마다 조금씩 머무는 시간이 길어졌는데, 길어졌다 해도 이 십분은 넘지 않았다.

찬은 축음기를 보며

"누구 걸 좋아하지?"

한다.

"베토벤의 피아노 쏘나타 「월광」하구, 바이올린 콘체르토, 그리고 리스트의 「광시곡 6번」."

"리스트의 6번? 들은 적이 없어, 「헝가리 광시곡 2번」 외에 는 말이야."

"지금 들려줄까? 기찬데."

"아니, 다음에."

하고 찬은 사양했다.

"저 책들은 다 영희 거야?"

"응, 아버지가 사주셨다."

"인형은?"

"쟤는 내 친구야, 십오년 됐어."

"친구해도 되겠네. 저렇게 큰 프랑스 인형은 난 처음 봤어."

그리고 삼년 후 찬은 그 인형을 부산 피난중인 영희에게 갖다주려고, 환도 전 텅 빈 서울에 갔을 때 먼길을 걸어서 영희 집까지 갔었다. 영희의 집 대문은 활짝 열려 있었다. 언제나 가면 기대섰던 그 창턱 너머로 그녀의 방을 보니 축음기도 예쁘장하던 책장도 없고, 영희의 십오년째 친구이던 인형도 없고, 인형이 들어 있던 큰 유리상자만 방바닥에 쓰러져 있었다. 험한 약탈의 흔적에 찬은 가슴이 아파 한참 동안 눈을 감았다.

그 얘기를 듣던 영희는 발을 동동 굴렀다.

"걔를 누가 훔쳐갔을까, 누가!"

하며 소리를 쳤다. 영희의 눈에는 아픔이 스쳤다. 찬도 한마디 했다.

"글쎄, 도대체 그걸 누가 훔쳐갔을까?"

그러나 그의 마음은 영희와는 너무나 거리가 멀었다. 사람이 죽느냐 사느냐 하는 처절한 판국에, 인형 따위를 도대체 어느 정신나간 사람이 훔쳐가는가! 그때는 휴전 직전이라 일선에서는 전투가 한결 치열하던 때였다.

인형 얘기를 마지막으로 그들은 삼십여 년을 만나지 못하고 말았다. 고의는 전혀 없었다. 전쟁바람 휴전바람에 휘말렸고, 그들은 마침 또 제 인생을 스스로 만들어가야 하는 바쁜 나이였기 때문이라고나 할까.

다시 초콜릿 친구였을 때로 돌아간다.

찬은 그 인형에게서 눈을 돌려 영희의 책상 위 시집을 보고 놀랐다.

"수학이 빵점이라면서, 지금 보들레르를 읽고 있어?"

"응, 수학은 포기했어. 문제 자체를 이해 못하겠는걸. 우리말로 된 문제지만 말이야. 그리고 문과 할 학생이 미분 적분은 해서 무엇 하니, 글쎄! S대 입시방법은 돌대가리들이 만든 거야, 순 돌."

찬은 한번 소리내어 웃었다.

"수학이 재미있지 않아? 난 참 재미있어."

"수학이? 맙소사!"

"재미있건 없건 수학이 빵점이면 S대에는 못 들어가."

"알고 있어. 그러니까 문과 계통 것으로 따야지."

"수학 한 문제는 십점도 되고, 이십점도 돼. 오로지 한 문제가 말이야. 그런데 문과 걸로 십점이나 이십점을 딸래봐. 얼마나 여러 문제를 맞혀야 하나. 더 힘들 거야."

"그러니까, S대의 수재란 평범한 두뇌들이야. 무엇이든 미지근하게 잘하는 따위…… 한가지에 뛰어난 천재라야지."

"천재 좋은 줄 누가 몰라. 흔하지 않으니까 문제지. S대의 방침이 그러니 어떻게 해. 어느날 영희가 총장이 되어서 입학 시험 방침을 바꾸어보든가."

영희는 소리를 꽥 질렀다.

"겨우 총장?"

"미안."

하며 찬은 빙그레 웃었다.

"나는 훗날 기쁠 때나 슬플 때나 찾아오는 나무처럼 된댔잖아. 내 죽은 후라도. 닥터 킴슈타인!"

찬이 아인슈타인의 숭배자라, 영희는 그를 놀릴 때는 그의 성인 김을 더욱 서구적으로 발음해서 킴슈타인이라 불렀다.

그 둘이 마주서 있는 일 평방미터도 안되는 우주 속에서 그들은 킴슈타인이며 대학총장이며, 기쁠 때나 슬플 때나 찾아오는 대상 등 거침없이 큰소리를 마구 쳤다.

찬이

"그것, 뮐러의 보리수 같다."

하니까, 영희는

"내가 아무리 누구의 흉내를 내겠니?"

하며 눈을 흘겼다.

"하이틴 때는 모방도 괜찮대."

"넌 하이틴 아닌 듯한 말투구나. 분명 내 동갑인데? 난 모방하는 것 싫어. 킴슈타인이나 흉내내라구."

아인슈타인 숭배자이던 찬은 바이올린의 활을 그을 줄 안다는 것으로나마, 아인슈타인의 편린이라도 닮고 싶은 욕망의 충족을 느끼는 듯했다.

그의 방 벽에는 그다지 늙지 않은 두 눈이 표정 없이 크고 하관이 빤 큼직한 아인슈타인의 사진이 걸려 있었다.

언젠가 그가 영희와 그의 친구 몇명을 저녁식사에 초대했을 때, 영희는 처음으로 찬의 방에 가보았다. 그의 책장에 자연과학책이 많을 줄 알았는데, 아리스토텔레스며 헤겔이며 칸트 등의 철학책과 『님의 침묵』을 비롯해서 동서양의 문학서적이 많은 것이 뜻밖이었다. 영희에게는 이과 계통의 책이란 고등 수학 한 권과 물리 한 권, 화학 한 권, 해서 모두 세 권뿐인데, 그것도 교과서였다.

찬의 방은 그녀의 방보다 한결 작게 보였다. 책장이 꽉 들어차 있어 그렇게 보였는지 지금 그녀는 확실히 기억 못하겠다.

아인슈타인 사진 밑 책장 위칸에 바이올린 케이스가 있었다. 초청된 친구들은 찬더러 바이올린을 한번 켜보라고 졸랐다. 찬은 소리를 들어줄 수 없을 거라며 막무가내였다. 하이페츠의 베토벤의 것을 들은 귀에다가는—영희가 갖고 있는 음반이 그것이었다—절대로 들려줄 수 없다고 했다.

그러나 친구들도 지지 않았다. 찬은 친구들의 성화에 하는 수 없이 바이올린을 들었다. 찬의 바이올린은 미국 민요 「오 수잔나!」를 연주했는데, 박자며 음정은 틀림없었으나, 소리가 하도 나빠서 "오, 수잔나 울지 말아요" 하는 데 와서, 모두들 웃음이 터지려는 것을 간신히 누르다가 일절이 끝나자 박수와 함께 폭소를 터뜨렸다. 그래도 "앵콜"은 연발했다.

의학도 지망생인 현태가

"바이올린으로 그만큼 소리내기도 어렵다."

하며 찬의 바이올린 연주를 칭찬했다. 그는 베토벤의 「황제」도 피아노로 칠 줄 아는 대단한 수준이기도 했다.

입학시험날이 박두한 어느날 저녁, 찬은 영희의 수학을 염려해서 기본문제 다섯 개를 임의로 설정해서, 푸는 방법과 답을 써서 갖다주었다. 그는 언제나처럼 창턱에 두 팔을 얹고 서서,

"그것만 다 이해하면 문과 수학은 어렵지 않을 거야."

하며 꼭 이해하라고 걱정스럽게 말했다.

그해 S대학 입학시험은 4월에 있었다. 개나리가 한창이었다. 영희가 광화문에서 전차를 기다리는데 찬이 저만치서 길을 건너오는 것이 보였다. 그도 같은 대학에 입학시험을 치러 가는 것이다. 순간 영희는 강력한 경쟁자를 발견한 것 같아 얼른 시선을 돌리고, 마침 정차한 전차에 달려가서 혼자만 탔다.

그날의 시험과목은 첫째 시간이 영어, 다음이 원수의 수학, 다음이 골아픈 국어. 그 무렵은 국문법에 두 가지 학설이 있었고, 용어 자체도 서로 달라, 배우는 학생에게 혼돈과 짜증과 필요없는 부담을 주었다. 게다가 근대 한국시는 오로지 애국과 반일 저항의 시로 해석하기 일변도여서 영희는 그 일변도 해석의 오만, 협소, 옹졸에 질식할 것 같았고, 그래서 그녀는 골아픈 국어시험이라고 했던 것이다.

수학 다섯 문제 중 두 문제는 뜻밖에 쉬웠다. 다른 세 문제는, 문제 자체가 국어인지 어느 딴 우주의 언어인지 이해할 수 없었다. '그래도' 하는 미련으로 문제를 읽고 또 읽었으나 한

자도 쓰지 못했고, 마지막 종이 울렸을 때는 뒤통수만 들이쑤
시고 아팠다.

그러나 담임선생이 입학시험에서 반만 맞으면 대성공에 속
한다고 했던 말이 기억나서, 영희는 포기했던 수학을 두 문제
나 푼 것이 스스로 대견해서 날아갈 것 같은 기분이었다.

영희가 상쾌한 기분으로 시험장을 나오는데 찬이 그녀에게
달려왔다.

"나왔지! 몽땅 그거야!"

하며 그는 기쁨에 상기되어 있었다. 그가 임의로 내준 문제를
말하는 모양이었다. 영희는,

"무엇이 말이야? 난 전혀 몰랐어."

했다. 찬은

"아이구, 저런. 똑같아, 숫자만 다르지!"

하며 발을 굴렀다. 영희는 문제가 같은 패턴이라는 것조차 알
지 못했다.

"그래도 두 문제나 풀었다."

하며 그녀는 의기양양해서 푼 대로 종이에 적어 보였다. 찬은
비명을 질렀다.

"저런! 그건 곱하기를 해야 해. 보태기를 했으니!"

그래서 영희는 입학시험 수학과는 제로점이었다.

신록이 싱그러운 6월에, 찬도 영희도 무난히 S대에 입학했
다. 교사 신축 때문에 그해의 신입생 강의는 유난히 늦게 시작

했다. 이공학과의 분교가 청량리에 있어서 찬은 아침 일찍 집을 나가야 했고 저녁의 귀가도 늦게 되었다.

어느 밤 늦게 영희를 찾아온 찬은 문턱에 팔꿈치를 올려놓으며 초콜릿을 건네주었다. 영희가 씹을 맛이 나서 좋다던 두툼한 그 밀크초콜릿이다.

영희는,

"난 이제 이건 별로야."

했다. 찬은,

"며칠 전에는 고급보다 오히려 이게 좋댔잖아?"

했다.

"응, 그랬어. 그런데 대학생이 되니까 양보다 질 위주가 됐나봐. 얇고 더 밀키한 것 있지? 아니면 아몬드 든 게 좋아, 난."

그러면서도 영희는 찬이 준 초콜릿을 이미 몇입이나 맛있게 씹어먹고 있었다.

"대학생 되고 며칠인데?"

"나흘 됐지."

"나흘 사이에 미각까지 변했어? 참, 빠르네."

찬은 소리내어 웃었다. 그것이 찬이 그녀에게 초콜릿을 갖다준 마지막이 될 줄이야……

찬은 집이 멀어서 등하교하기가 힘드나 실험하는 것이 즐겁고, 교양과목 들으러 문과대학까지 가는 것도 즐겁다고 했다. 철학개론은 영희와 함께 듣게 되었으니까, 먼저 가는 사람이 자리잡아주기로 그들은 약속했다. 찬은 신입생은 엄두도 낼 수 없다는 사학년의 쎄미나 시간에도 들어갔었다며, 희망과 기쁨에 부풀어 있는 듯이 보였다.

반면 영희는 널리 알려진 저서의 저명한 저자인 교수들의 강의를 듣고 매우 실망하던 터였다.

"호랑이 얘기만 한 시간 이십분을 계속하셔. L교수 말이야. 뺑덕어미가 떡판에 떡을 이고 산을 넘어가는데, 호랑이 한 마리가 숲속에서 어흥! 하며…… 맙소사."

그녀는 민담의 중요성을 전혀 인식 못하고 있었다. 교양영어도 고등과 때와 별다른 데가 없었다. 읽고 해석하기. 불어도 그랬다.

한 상급생은 일학년 때는 교양을 위한 거라 다 그렇고 그런 거고, 학년이 높아지면 좀 들을 만한 소리가 교수의 입에서 나오기도 한다고 했다. 그러나 교수에게 너무 기대하지 않는 게 좋을 거라고 했다. 자신있는 듯한 그 건방진 상급생의 말을 듣고 있으니까, 어쩐지 교수보다 실력이 위인 듯한 착각조차 들지경이었다.

어리둥절하고 실망어린 대학생활의 출발이었으나, 무엇인가를 잡기 위한 소리없는 잠복기 같은 긴장감이 감도는 것 같았다. 그러나 입학식 후의 그 첫 주말에 발발한 6·25전쟁으로 모든 것은 그만 허물어져버렸다.

적치(赤治)는 서울 사람들의 목을 죄어갔다. 기아, 약탈, 감시, 중노동, 개인감정에 의한 인민재판, 즉결처분, 납치 등등 역사책에서 배운 인류사의 그 어느 공포정치에서도 상상조차 할 수 없는 극도의 살인 공포정치였다.

영희도 밤마다 한강에 모래를 파러 갔다. 한푼의 임금은커녕 물 한모금조차 주지 않는 잔인한 노동착취였다. 오후 여섯 시에 삽을 메고 구청 앞에서 출발하여 십 킬로미터나 걸어서 한강으로 갔다. 아프다면 당장 죽으라고 하면서 총끝을 겨누기 때문에 코피를 쏟고 복통으로 기절한 사람도 그 강제노동 대열에서 이탈하지 못했다.

영희는 이웃집 아주머니 덕에 힘들게 일하지 않을 수 있었다. 그 아주머니는 영희가 손목을 삐어서 모래를 팔 수 없으니 나르기만 하게 해달라고 감독에게 사정했다. 그래서 영희는 가마니에 부어진 것을 여럿이 들고 천천히 걸으니까 한밤에 두어 번 백 미터쯤의 거리를 왕복하는 정도로 그칠 수 있었다. 마치 전 서울 시민이 그 모래사장에서 일하지 않나 싶을 만큼 까맣게 사람으로 메운 백사장의 캄캄한 밤이니, 몇사람의 인민군 감독으로는 영희들이 몇번 날랐는지 감시하기란 불가능했다. 그 아주머니는 영희가 소변을 볼 때는 치마를 펴서 가려주고 귀갓길에 남의 집 대문을 두들겨서 마실 물을 얻어 먹이기도 했다. 영희 어머니는 연로해서 노동에 징발되지 않아 집에 남았는데, 아마도 그 아주머니가 전세에 너와 무슨 인연이 있었나보다고 하며 감사를 넘어 종교적인 외구심조차 품었다.

그 무렵 어느 학자며 어떤 문인은 납치되어갔고, 어느 사장이며 어떤 교육자는 탈출하려다가 사살당했다. 더구나 그것이 대낮 서울 어느 골목에서 일어났다는 소문이 소곤소곤 나돌았다. 당시 영희 오빠의 식구는 영국에 있었고, 아버지는 부산지사에 일이 있어서 서울을 떠났는데 6월 24일 밤차였다. 인민군이 삼팔선을 넘어오기 불과 여섯 시간 전이다. 그래서 영희는 어머니와 오래 있었던 식모 아줌마와 셋이서 난리를 이겨내면 되는 비교적 홀가분한 처지였다. 그녀의 어머니는 "아버지가 지사에 가시게 된 것은 하늘이 그렇게 마련해놓은 거다"하며 굳게 믿고 있었다. 아들도 남편도 서울에 있었다면 다른 집과 똑같은 비극을 면치 못했을 것을 그녀는 알고 있었다.

적치 이주일 무렵부터는 젊은 남성들을 의용군으로 징발해가는 '사람 사냥'이 시작되었다. 차차 그 대상의 연령을 확대해서 십오세부터 오십세까지가 아니라 그런 나이로만 보이면 무조건 잡아갔다. 남성들은 굴뚝에 숨고, 지하실에 혹은 천장에 숨었다. 그러다 들키면 그 자리에서 사살되고 혹은 어디로 끌려가는지 없어졌다.

영희 어머니의 한 친구는 사위 대신 잡혀가는 만삭의 외동딸을 뒤따라가며 목메어 울다가 쉰 목이 그후 십년 후에 죽을 때까지도 쉬어 있었다. 혹시 딸이 살아서 돌아왔거나, 죽었을 경우 그 시체라도 찾았다면, 임종 때 평소 맑던 그 목청으로 천당에 갔을 것이다.

적들은 한우물 한구덩이에 수백명씩 양민을 생매장했고, 거처를 알리지 않기 때문에 생사도 알 수 없어서 시신을 찾지 못하는 가족들의 고통과 공포는 죽음보다 더 컸다. 의용군으로 잡혀간 사람들을 모아놓은 삼엄한 경비의 공공시설의 큰마당이며 학교의 운동장마다 담 밖에서 울며 소리쳐 혈육을 부르는 모습은 바로 아비규환의 지옥도였다.

다음에는 여성동맹원을 징발하기 위한 '젊은 여성 사냥'이 시작되었다. 영희를 잡으러 갈 거라는 이웃의 정보를 받고, 영희는 사흘 동안 먼 친척집에 피신했다. 정보대로 한밤에 영희네 이웃 몇집에 총끝에 칼을 꽂은 인민군이 습격했는데, 해당되는 젊은 여성은 한사람도 발견되지 않았다. 모두 정보를 주어 피신시켰기 때문이다. 적치 석 달 동안만큼 이웃이 한마음으로 저항, 단결한 때는 긴 인류사에서도 찾아보기 어려울 거라고 사람들은 말한다. 남의 집 다락에서 사흘간 지내는 동안 영희의 전신에 좁쌀만한 발진이 생겨 가려워서 잠자기 어려웠다. 어머니는 피부병이 아니라 벼룩이 문 거라 하며 암모니아수로 닦아주면서 "고마운 벼룩"이라고 했는데, 딸이 잡혀가지 않은 것을 벼룩의 덕으로 생각하지는 않았겠으나, 잡혀가는 엄청난 화를 벼룩에게 물리는 것 정도로 액땜했다고 생각하니, 미물인 벼룩에게조차도 엎드려 절하고 싶은 심정이었으리라.

밤마다 실탄 쏘는 소리가 몇차례씩 가슴을 찢었다. 그 소리가 점점 더 잦아갔다. 죄도 없이 재판도 없이 '빨갱이'들이 사람을 마구 죽이는 소리였다.

영희의 집도 식량난의 불안이 닥쳐오고 있었다. 밀기울로 개떡도 쪘고, 물 같은 멀건 죽으로 두 끼, 밥은 한 끼로 했다. 영희 어머니는 빨갱이들이 빼앗아가지만 않았다면 이웃과 나눠먹어도 동지 때까지 먹고도 남을 쌀이었는데, 하고 분개했고, 식모 아줌마는 빼앗겼어도 지하실에 숨겨놓았던 것을 어머니가 피난민들한테 나눠주지만 않았던들 앞으로 석 달은 너끈히 먹고 살 수 있었을 거라 했다. 그러나저러나 어쩔 수 없는 일이었으니, 지금 와서 분개하고 후회한들 무슨 소용이 있겠는가. 이런 대화를 영희 어머니와 아줌마는 수없이 되풀이했다. 그들은 긴 평생 동안 처음 당하는 상황에 어떻게 대처해나가야 할지 몰랐다. 빨갱이 세상도 아무렴 사람 사는 세상이려니 하는 생각이 근본적으로 틀린 것임을 그들은 차츰 깨닫지 않을 수 없었다. 사실 그것은 사람이 살 세상이 아니었다. 그런 나날 속에서 영희는 찬을 까마득히 잊고 있었다.

9·28 서울 수복 이틀 후에 부산에 가 있던 아버지가 상경했다. 그는 석 달 동안 처와 딸의 안부를 극심히 염려한 나머지 고혈압과 협심증에 걸려 있었다. 낮은 낮대로 모녀의 불행한 장면이 상상되어 밥맛도 잃고 일도 손에 잡히지 않았고, 밤은 밤대로 불면증과 악몽에 시달렸다.

영희는 아버지와 같이 서울을 두루 돌아보았다. 서울 중심가인 충무로며 종로는 치열했던 시가전과 후퇴하는 인민군의 방화로 폐허로 변해 있었다. 골목에는 아직도 시체가 있었다. S대에는 미군이 임시 주둔하고 있었다.

10월 내내 학도호국단 중심으로 학생들의 적격심사가 있었다. 조금이라도 적에게 협력한 학생은 물론 학교에 등교라도 했던 학생에게는 복학을 허용하지 않았다. 9·28 직후는 적개심이 충천해 있어서, 조그마한 허물도 용납되지 않았다. 휴전 후 세월이 지나고 나서는 법에 저촉되지 않은 학생은 폭넓게 재심사되고 구제되었으나.

11월에 들어가도 정규 강의는 없었다. 납북되어간 교수가 많았고, 납북 혹은 의용군으로 강제징발되어 생사를 모르는 학생들도 너무 많았다.

영희는 부모와 함께 해운대의 초가 별장에서 전복이나 실컷 먹으며 겨울을 나고, 신학기에나 상경할 계획으로 서울을 떠났다. 가방에는 책 몇권만 가볍게 넣었다. 한 달 후에 1·4후퇴가 있을 줄 꿈엔들 알 리 없었다.

영희 일가는 수복된 남한 곳곳을 차로 돌아보며, 나흘 만에 해운대에 닿았다. 갈비 열 대를 앉은자리에서 먹고, 전복 다섯 개를 또 구워먹어도 배탈이 나지 않는 것이 영희는 이상스러웠다. 석 달 동안 굶주린 젊은 세포가 끝없이 먹이를 요구하는지, 쌀밥이 기름 먹듯이 목 너머로 미끄러져 내려가서, 식욕이 없고 병색이 짙은 아버지에게 부끄러움을 느낄 지경이었다. 아버지와 어머니는 "어린것이 얼마나 주렸으면……" 하며 눈물지었다.

서울에는 1953년 휴전 환도 때까지 가지 못하고 말았다. 그 사이 그녀의 집은 서울의 다른 집과 마찬가지로 모든 것이 약탈당하고 있었다. 그릇도, 옷도, 장롱도, 책상도, 책도, 음반도, 축음기도, 인형도.

1951년에는 부산에 종합대학이 열리고, 1952년에는 구덕산에 바라크와 텐트로 만들어진 S대의 임시 피난 가교사에서 강의가 본격적으로 시작되었다. 전쟁은 여전히 치열한 중이었고 피난 온 학생들의 몰골은 거의가 비참했다. 어떤 학생은 POW(전쟁포로)라고 낙인이 찍힌 점퍼를 그냥 입고 다녔다. 거의가 먹을 것도 입을 것도 잠자리도 극도로 부족했다. 밤을 새고 부두 노동을 하고 낮에는 강의를 들으러 와서 어쩔 수 없이 꾸벅꾸벅 조는 학생들도 허다했다. 찌들고 살기에 겨워 멍하니 하늘을 쳐다보고 서 있는 모습도 흔했다. 그래도 죽은 친구, 생사조차 알 수 없는 학우 들을 생각하면 그들의 생명은 신기하기까지 했다. 가뜩이나 보일까 말까 하던 적은 수의 여학생은 몇손가락 꼽을 정도밖에 보이지 않았다.

그러던 어느날 텐트교실 앞에서 영희는 찬을 우연히 만났다. 영희는 반가워서 소리쳤으나 찬은 그렇지 않았다. 그의 큰 키는 힘없이 조금 굽어 있었고 안색은 누렇고 환자 같았다. 말소리에도 힘이 없었다. 눈의 표정도 멍하니 딴 곳을 보는 듯했다.

"웬일이야, 왜 이렇게 되었지? 어디 아프니?"

연거푸 퍼붓는 영희의 질문에 찬은

"전쟁터에서 싸웠지. 의용군에 붙들려가서 죽을 뻔했고, 탈
출해서 원수 갚는다고 국군에 들어갔더니 군수품 빼돌리는 윗
놈들 때문에 굶어죽고 얼어죽을 뻔했지."

하고는 소리없이 쓰게 웃었다.

"아니 그럴 수가! 우리 국군인데!"

"의대 들어갔던 현태 있지? 피아노도 치던. 그애는 죽었다.
방위군사건도 몰라?"

영희는 현태가 죽었다고 하니까 실감이 났다.

"방위군사건이 뭐니?"

"신문도 안 보고, 라디오도 안 들어?"

"보지만 난 못 봤어."

"못 봐서 다행이다. 알아서 무엇 하겠어. 나는 흙 섞인 밥을
먹어서 위를 아주 버렸어. 내 발, 발은 동상에 걸려서 하마터
면 잘라낼 뻔했지."

하며 찬은 고개를 숙이고 발끝을 땅 위에서 이리저리 움직였
다. 낡은 구두를 신은 발은 무거워 보였다.

"아니 이럴 수가, 킴슈타인을……"

영희는 눈을 부릅떴다. 찬은

"화낼 일이 한두 가지가 아니지. 악마의 횡포 시대야. 참, 서
울에 한번 갈 텐데, 무엇 부탁할 것 있으면 해봐."

했다. 정식 환도는 안되었으나 더러 서울을 드나든다는 말을

영희는 듣고 있었다. 그녀는

"내 인형! 갖다줘, 응?"

했다. 찬은,

"인형? 대학생이 지금 인형을 찾아?"

하며 어이없다는 듯이 영희를 바라보았다.

"미안해, 그런데 걔는 내 친구야, 십오년 친했던……"

찬은

"모르겠어, 가져오게 될지."

하며 돌아서 갔다.

　　찬은 서울에서 빈손으로 돌아왔다. 그후 영희는 찬과 만나지 못하고 말았다. 만나지도 못했으나 생각도 나지 않았다. 휴전, 환도, 4·19, 5·16 등. 결혼하고 아이 기르고…… 너무도 세월은 바삐 돌아갔다.

　　영희는 며칠 전 신문에서 김찬의 사진을 보고 깜짝 놀랐다. 신문은 과학자회의에 참석하기 위해 일시 귀국한 김찬을 자세히 소개하고 있었다. 과학 계통의 일을 영희는 잘 모르나, 그의 직책으로 보아 그 나라에서도 상당히 인정받는 물리학자인 성싶었다. 사진이 흐려서 얼마나 늙었는지 분간키 어려웠다.

　　영희는 신문사에 그의 숙소를 알아보았다. 호텔방으로 전화 신호가 가는 동안 찬을 무어라고 불러야 할지, 찬이니? 그래야 할지, 오십세가 넘은 사람한테, 그리고 그만한 직위에 있는 사람을 애들처럼 불러도 될까, 그보다도 찬이 그녀를 알지 못한다고 하면 무어라고 할까, 영희의 머릿속은 복잡했다.

이윽고 찬의 음성이 나왔다.

"여보세요."

영희는

"여보세요, 저, 저……"

찬이니? 할까, 김박사라 할까 망설이는데 저쪽에서

"영희……시지요?"

한다.

얼떨결에 영희도

"네, 김박사. 정말 오랜만이에요."

하고 존대어가 나왔다.

실로 삼십일년 몇개월 만의 만남이었다. 전쟁에 찌들고 병
들어 있던 찬, 얼마나 변했을까 싶으며 영희는 다음날 약속장
소인 호텔 로비에 가 서 있었다. 찬의 큰 키가 엘리베이터에서
나왔다. 찬은 너무도 늙어 있었다. 찬은 두 팔을 벌리며 다가
오더니 영희의 두 손을 꽉 잡았다. 영희는

"어머, 왜 이렇게 늙었지?"

했다. 찬을 보니까 옛날 기분이 되어 말투도 어느결에 도로 옛
날처럼 되어버렸다.

"영희는 옛날 그냥 그대로야! 고맙네 정말. 이렇게 고마울
수가……"

찬의 얼굴에는 주름이 깊었으나, 몸 전체는 피난학교 시절

과는 달리 활기에 차 있었다.

그들은 식탁에 마주앉았다. 가까이에서 보니 찬의 얼굴에는 삼십여년의 고난의 역사가 아로새겨져 있는 것 같았다. 변하지 않은 것은 크고 맑은 두 눈망울뿐이라고나 할까. 영희는

"찬도 눈만은 그대로네."

하고 말했다.

"아니야, 달라. 내 눈 한겹 뒤의 필름에는 별의별 현장이 다 담겨 있지. 살육, 고통, 분노, 절망, 굶주림 등등의 현장이 눈이 아프도록 적나라하게 말이야. 눈을 감으면 선명하게 한장면 한장면이 떠오르지. 눈을 뜨고 있어도 갑자기 현실처럼 떠오르지."

영희는 무어라고 말해야 할지 몰랐다. 그와 같은 고통을 겪지 않은 영희에게는 그의 말 한마디 한마디가 마치 힐책하듯이 가슴을 찔렀다.

"미안해, 정말. 난, 찬이 그렇게 고생한 줄 몰랐어."

영희는 겨우 말했다. 찬은

"미안하기는? 나 같은 경우가 현실이라면, 영희 같은 경우도 현실이지. 영희는 지금도 행복하지? 말하지 않아도 보면 알아. 난 정말 기분이 좋아. 영희까지 불행하다면 우울했을 텐데 말이야."

영희는

"찬이 그렇게 말을 잘하는 줄 몰랐어. 그때는 말이 없

고……"

하며 옛날의 그의 모습을 기억 속에 더듬었다. 찬은

"그때는 여학생 앞에만 가면 공연히 부끄러워서 말이야."

했다. 영희는 비로소 까르르 하고 소리내어 웃었다.

"웃음소리도 그대로네."

하고 찬이 말했다.

그토록 긴 세월 동안 만나지도 못하고 생각조차 나지 않던 찬이나, 한번 만나서 얘기를 하고 보니 그 긴 세월이 종이 한 장 같다. 마치 늘 만나던 사람 같기만 하다. 영희는 그런 느낌이 신기했다. 찬도 그렇다고 했다. 영희는

"차근차근 얘기 좀 해봐. 피난학교 때 만나고, 그 이후의 얘기 말이야."

했다.

"난 그때 위궤양이 심한데다가 아르바이트를 해야 학교도 다니고 밥도 겨우 먹는 형편이었어. 그러니까 영희를 만나볼 시간도 없었지. 졸업하고는 바로 미국으로 가서 고학하고, 영국 인도 일본 프랑스 등등 다니며 연구했지. 정말 전쟁만 나지 않았으면 내 학문이 훨씬 더 나았을 텐데……"

"전쟁의 상처가 너무 깊어. 난 요새 이산가족 찾는 걸 텔레비전에서 보니까 마냥 빚지고 살아온 것 같아."

"영희는 참 운좋은 친구지. 그러나 세상에는 아예 전쟁을 겪지 않은 사람도 있어. 현태는 죽기도 했지만, 나도 빚진 기분

이 문득문득 들지."

찬은 말을 뚝 끊었다. 영희도 마음이 어두워졌다. 잠시 침묵
이 흘렀다. 찬은

"빚진 것 같은 기분이란 말, 참 좋네. 그 마음에 영원한 행복
을!"

하며 술잔을 들었다. 영희도 잔을 들어 건배했다.

"자, 우리 기분전환 좀 합시다."

"그래, 딴 얘기 하자. 찬은 애기가 몇이지?"

"난 아이가 없어. 전쟁을 겪으면서 결심했지. 절대로 나는 인
간을 안 만들겠다구. 그랬더니 제풀에 아이를 못 낳게 되더군."

영희는 찬의 말을 얼른 이해하지 못했다.

"부인도 생각이 같았어? 부인은 지금 어디 있지? 같이 오지
않았어? 한국 사람? 아니면 외국 사람?"

찬은 영희를 빤히 바라보았다. 그러고는

"난 결혼도 안했어."

했다.

영희는 당황하여 얼른 다음 말이 나오지 않았다. 그러나 찬
의 말을 가볍게 흘리고 싶었다.

"독신주의? 좋지!"

"아니, 뭐, 그렇게 거창한 게 아니구……"

찬은 말을 흐렸다. 순간 영희는 찬이 성불구가 된 것은 아닐
까 하는 생각이 들었다. 피난중 학교에서 만났을 때, 발에 동

상이 걸려 자를 뻔했지 하며 낡은 구두로 땅 위를 이리저리 긋
던 모습이 기억났다. 영희는 가슴이 꽉 메었으나

"독신주의 멋있더라. 난 혼자 사는 사람이 부러울 때가 너무
많아."

하며 밝게 웃어넘겼다. 찬에게 아픈 얘기를 시키고 싶지 않
았다.

찬은 열흘쯤 학회에 참석하는데 시간이 꽉차 있어서 다음주
월요일 저녁에나 한번 더 만날 수 있겠다고 했다. 그들은 다시
만나기를 약속하고 일어섰다.

"옛친구가 이렇게 좋은 줄 정말 몰랐어. 긴 세월도 잊게 해
주니 말이야."

하는 찬의 말에, 영희는

"찬은 문학책을 많이 읽더니 표현도 잘해. 요즘도 시 많이
읽니?"

했다.

찬은

"많이는 못 읽지."

한다. 그들은 로비까지 나왔다.

"바이올린은 얼마나 했니?"

그러자 두 사람은 웃음을 터뜨렸다. 옛날 생각이 나서다.

"응, 그때보다는 괜찮아."

"언젠가 들어보았으면 좋겠네."

"다음에 또 올 때는 그런 시간을 만들어놓을게."

"언제 또 오니?"

"내년 봄쯤 될 것 같아. 개나리가 한창이겠어."

영희는 대학 입학시험 무렵이 생각났다. S대의 담장에 개나리가 한창이었다.

호텔 현관 밖은 벌써 어둠이 깃들고 있었다. 차가 연방 와서 닿고는 손님이 내리고 또 타고 있다. 모두들 바쁜 듯이 보였다.

찬이

"참, 잠깐! 초콜릿 사줄게."

하며 다시 현관 안으로 들어가려고 했다. 호텔의 과자점으로 갈 생각인 듯했다. 영희는 조용히 고개를 저었다.

"아니, 난 이제 초콜릿 잘 안 먹어."

"웬일이지?"

찬의 눈이 대학 신입생 때처럼 맑게 빛났다. 그 눈귀에 주름살이 두 줄 깊이 패었다. 영희는

"나도 늙었잖아!"

하며 손을 내밀었다.

"안 늙었어!"

하며 찬은 잔잔하게 미소지었다. 그들은 굳게 악수했다.

"잘 가."

"잘 쉬어."

영희는 차에 오르자 왠지 한숨이 나왔다. 불행을 겪은 찬 때

문만은 아닌 것 같았다. 차는 호텔 구내를 돌아서 어두워가는
거리 속을 천천히 미끄러져 들어갔다.

사랑에 지친
때

"아무래도 이씨 댁에 서양귀신 붙었지. 붙었구말구…… 허참, 망해도 요렇게 망할 수 있담."

고모는 쏘파에 비대한 몸을 털썩 하고 떨어뜨리고 앉아 혼잣말처럼 한다. 팔십이 넘었는데도 주름은 있으나 깨끗한 피부에 어린아이같이 눈빛이 순진하다.

'누가 또 미국 사람하고 연애사건이라도 일으켰나?'

여옥은 아무 대꾸도 하지 않고 비취 목걸이를 까만 원피스 위에 걸었다. '사랑은 없어져도 물건은 남아 있구나' 하고 이 목걸이를 할 때마다 속으로 해보는 말이 습관처럼 나온다. 그것은 두번째 남편이 약혼선물로 준 것이다.

"서, 서양귀신이 붙었어. 에그, 이게 무슨 망신이냐!"

고모는 주먹으로 가슴을 치며 미간을 바짝 모으고 금방 울음이라도 터뜨릴 것 같다. 여옥이 대꾸를 않으니까 그녀는 점점 표정을 과장하는 것이다. 여옥은 고모의 속을 알면서도 모르는 체하고 코트까지 입고 정옥이 삼십분까지 보내겠다는 차를 타려고 만반 준비를 다 했다. 형제간이나 서로 자주 찾지 않는 정옥이 침울한 음성으로 "언니, 꼭 집으로 와줘. 상의할 일이 있어."

하고 한 시간 전에 전화를 했었다. 제 쪽에서 오고 싶으나 혈압이 올라서 누워 있노라 한다. 고모가 청하지도 않았는데 와서 집안 망했다고 뇌고 있으니 고모의 말과 정옥의 전화 사이에 필경 무슨 연관이 있을 것 같다.

"네 어머니는 잘도 돌아가셨다. 이런 꼴 저런 꼴 안 보구. 장수(長壽)가 원래 망신살이 뻗친 징조여, 어유!"

여옥은 한숨까지 내쉬는 고모가 귀엽게도 보이고 귀찮기도 하다. 그녀는 고모의 찻잔에 레몬을 넣으며

"이제 그만 하시고 차나 드세요."

했다.

고모는 홍차를 두어 번 마시고, 다시금 얼굴을 있는 대로 찌푸리며

"넌 모르니? 그래, 전혀 소문도 못 들었어? 네 혈육에 변이 났는데…… 성은 달라도 동생의 딸이니 피는 같은 피지, 아무렴!"

"혈육이라뇨? 고모도, 친정에서 저를 사람으로 치기나 했던

가요?"

고모는 여옥의 말에 조금 움찔하는 것 같다.

"그건 또 무슨 소리냐?"

"왜, 모르셔서 물으세요?"

여옥은 두번째 결혼 뒤로는 어머니마저도 자신을 멀리하던 것까지 생각나서 갑자기 가슴에서 무언가 부글부글 끓는 것 같다. 그런 것을 '이 나이 해가지고 새삼스레 기분 상할 것도 없잖은가' 싶어 바나나를 먹기 좋게 썰어서 고모 앞에 접시째 밀었다.

"너는 또 약과였지."

고모가 아까부터 하고 싶어 못 견디겠는 말의 핵심에 차츰 가까이 가고 있다. 여옥이 흥미를 나타내지 않으니까 그녀는 초조한 모양이다. 고모는 바나나를 연거푸 세 쪽을 먹고 홍차 한잔을 다 마셨다.

"글쎄, 명연이가 독일놈하고 눈이 맞았다지 않니?"

고모는 드디어 속의 것을 터뜨리고 여옥의 눈치를 살핀다. 독일 사람? 여옥도 뜻밖이었으나 "그래요?"만 해둔다.

명연은 정옥의 큰딸이다. 작년 봄에 졸업했다고 축하연엔가 간 기억이 난다. 낳았다고 해서 아기옷 사가지고 갓난아기 보러 간 것이 어제 같은데 벌써 대학을 나오고 연애를 하며…… 세월이 빠르기는 빠르다 하고 그녀의 고개가 저절로 끄덕여진다.

"그 파다한 소문을 넌 어째 몰랐니? 장안이 들썩한 판국인데."

"고모두, 장안은 무슨 장안이에요. 걔가 국가의 운명이라도 짊어진 앤가요?"

고모는 그녀의 말은 들리는 체도 하지 않는다.

"근우가 양년한테 장가가더니, 명연이는 양놈한테 시집간대. 더 살면 무슨 꼴을 못 볼구!"

그녀는 일단 화제가 촛점에 들어서면 언제나 남의 말을 듣지 않는다. 여옥이 첫번째 연애결혼을 했을 때도 고모는 여옥은 기왕 버린 인간이니 이씨 댁 사람으로 치지 않으면 되지만, 아무 죄 없는 다른 형제들의 혼인길을 막아놓았다고 혼자서 우기며, 여러 사람이 피해를 입은 것에 울분을 참지 못해서 여옥의 뺨을 쳤다. 삼십여 년 전의 일이다.

고모가 염려하던 형제들의 혼인은 맏딸의 연애사건에도 불구하고 좋은 가문과 연이 맺어지고 지금도 행복하게 살고 있으나, 뺨까지 맞아가며 연애결혼한 여옥은 불과 이년도 못 가서 이혼하고 말았다. 그 결혼을 반대하던 고모는 이제는 죽더라도 이혼하면 안된다고, 한번 시집가면 죽어서 그 집의 귀신이 돼야지 이혼이라니 그것은 무슨 재변이냐고 펄펄 뛰었다. 여옥이 두번째 열렬히 사랑한 끝에 결혼했는데——이 결혼은 상대가 기혼자여서 상당히 복잡했으나, 남자가 결국 처와 이혼하고 여옥과 정식 결혼했다——일년 만에 또 한번 이혼하고 말았다. 청하지도 않았는데, 고모가 여옥의 집에 와서 여자가 두 번씩이나 시집을 가고 두 번씩이나 이혼을 당했으니——사실은 여옥이 우긴 이혼이나 고모는 누가 무어라고 설명해도 그녀가 이혼당한 것으로 단정했다——세상 부끄러워 어찌 사느냐고 목을 놓고 울었다.

"그러니까 계집애를 무엇 하러 전문학교에 보낸담. 연락선 태워 동경엔가 간달 때 내가 무어랬어?"

고모는 여옥의 부모까지 나무랐다. 유학 안 보내주면 차라리 죽는다고 여옥이 부모를 위협한 내막을 그녀가 알 리 없었다. 여옥은 전문학교 이학년 때 연애하고 결혼하느라고 학업도 중단했었다.

그녀는 시계를 보았다. 삼십분이 지나 있다. 정지준 교수와 여섯시에 약속이 되어 있어서 정옥과의 시간을 세시 반부터 다섯시 반까지로 할당해놓았기 때문에 차가 늦게 오면 정옥과의 시간이 그만큼 줄어든다.

"근우가 미국년하고 결혼한 것이 작년인데 또……"

"년자 좀 빼세요. 헬렌은 어엿한 근우의 댁이에요."

"암, 네 말이 옳다. 그게 어떤 조카의 안사람인데. 내 친정 십이대 대종부 아니냐?"

"잘 아시면서 왜 그러세요."

여옥은 이제 짜증이 난다.

"아니까 더욱 원통하지. 내 할말 오늘 다 할 테다. 속시원히 죽기 전에 다 할 테다. 근우 미국 유학가서 박산가 따고, 돈 많

이 번다고 야단도 내더니, 돈벌어서 미국년 멕여살리니까 그
돈이 무슨 소용이냐? 천만금이 무슨 소용이여? 누가 미국년
멕여살리라고 비행기 태워 미국 보냈어? 엉? 늙은이 망령났다
고만 하지 말고, 말 좀 해보아!"

　고모는 시비조가 되어 목에 힘줄이 빳빳이 섰다. 여옥은 깜
짝 놀라 고모를 새삼스레 바라보았다. 국제결혼을 경제면으로
만 해석하는 것은 그녀가 한번도 생각해보지 못한 일이었다.

　"그러니까 사랑이라는 게 좋지요. 그렇지 않으면 가난한 한
국 사람이 돈 많은 외국 사람을 먹여살릴 수 있나요?"

　"그뿐이냐? 말이 통해야 내 자식이지. 애초에 손님 같기만
하니 그게 무슨 며느리냐?"

　근우가 작년 여름에 헬렌과 칠년 만에 귀국했을 때다. 고모
는 헬렌의 등을 쓰다듬고, 한방에 있으면 반드시 손을 끌어 자
기 옆에 앉히고 그쪽에서 알아듣든 말든

　"고되지?"

　"불편하지?"

하며 친절하고 다정하게 대해주었다. 그래서 모두들 막상 본
인을 보니까 생각이 달라졌나보다 했는데, 근우 내외를 떠나
보내고 돌아오는 차 속에서

　"아까운 근우만 버렸다. 십이대 종손 꼴 자알 됐지!"

하며 혼자서 내내 투덜거렸다. 아무도 대꾸를 하지 않으니까
그녀는 그것에 더욱 비위가 틀리는지

"왜 아무 말들이 없니? 망령났다고 사람 취급도 안하기여?"
하고 함께 탄 여옥과 명연에게 화를 냈다.

그녀의 돌변한 태도에 여옥은 어이가 없어 한숨만 쉬었으나, 헬렌 앞에서 불쾌하게 굴지 않은 것만도 다행으로 여겼다. 손님이라면 필요 이상으로 대접하는 고모가 헬렌을 손님 대접한 모양이었다.

운전사가 전화를 걸어왔다. 급한 심부름이 있어서 삼십분가량 늦겠다 한다. 그동안 피아노 연습이나 했으면 하나, 고모 혼자 앉혀두는 것도 실례일 것 같아서 코트를 벗어 팔걸이에 놓고 편한 자세로 차를 마셨다. 그녀는 조금 있던 돈으로 보석상을 낸 것이 잘되어 혼자 살기에 불편은 없었다. 무엇에 열중하고 싶어 시작한 것이 피아노인데 삼년째 나도 역시 서툴다.

고모는 여옥의 마음은 아랑곳없이

"이씨 댁 되어가는 꼴이 보통 일이 아니다."

"명연이가 이간가요? 김가지."

"그래도 에미가 이가 아니냐."

"이제 그만 하세요. 저희 좋다면 그만이지."

"암, 저희 좋다면 그만이지. 그나마 일본놈 아니기에 천만다행이다."

고모는 일본이라는 말만 나오면 사태가 스무드하게 나가지 않기 때문에 여옥은 얼른

"정옥이 차를 보낸다니까 같이 가세요. 명연의 일도 확실히

알아보아야 하지 않아요?"

했다. 그러나 고모는 여옥의 말은 들리지도 않는다.

"미국이 원자탄을 왜 떨어뜨린 줄 알아? 일본놈이 우리 백성을 학살했으니까 저희도 당해보라고 한 거다. 웬수는 남이 갚는 법이여. 고놈들을 아주 바싹 혼내놓았어야 했는데, 원래 미국이 물러 탈이야."

고모는 훈계라도 하는 투로 눈을 바로 뜨고 어조도 느리다. 고모가 가장 싫어하는 것은 공산당이고 다음이 일본, 다음이 이승만 일파다. 그녀의 맏손자가 색시를 고르는데 교육이나 용모나 남들이 말하는 성격 같은 것이 모두 90점감이었는데도 오로지 4·19 무렵에 그녀의 아버지가 고위층이었다는 이유로 아무 주저도 없이 퇴짜를 놓았다. 고모는 화무십일홍(花無十日紅)은 대자연, 천지신명의 이치인데, 혼자서 사선(四選)까지 해처먹으려는 자는 천명을 어기는 것이고, 더구나 인심은 천심인데 그를 반대한다고 총까지 쏘아 학생을 죽였으니, 사람은 그것을 용서할 수 있어도 하늘만은 용서 않는다는 굳은 신조가 있어서, 누구에게도 그 신조를 한치의 양보도 하지 않았다. 원자탄 얘기가 나왔으나 여옥은 원자탄이 어떤 것이라고 설명할 염도 못 낸다. 언젠가도 일본과 원자탄이 화제가 되어 원자탄의 위력을 말했더니, 고모가

"그러면 너는 친일파냐?"

하고 주먹을 쥐고 벌떡 일어서서 내내

"친일파냐? 응? 친일파여?"

하고 일방적으로 소리를 질러서 질색한 일이 있어서다. 명연의 연애건으로 마음이 사로잡혀선지 그녀는 일본에 대한 힐난을 의외로 간단하게 마치고

"무어라구? 명연의 일이 긴가민가 알아본다구? 계동 형이 말했는데 공연한 소리 했겠어."

한다.

"계동 언니가요?"

계동 언니는 여옥의 올케며 근우의 어머니다. 여옥은 짐작되는 일이 있어 퍼뜩 웃음이 난다.

근우가 헬렌하고 결혼한다는 말이 돌았을 때 고모뿐 아니라 다른 친척들도 근우의 어머니가 서양 숭배자로, 물건도 서양이요, 문학도 서양이요, 음악도 서양이요, 과자조차도 서양 것이라야 해서, 근우가 어릴 때부터 서양 중독에 걸린 까닭이라고 근우와 그 어머니를 함께 빈정거렸다. 그래서 계동 언니는 시댁 친외가에 죄라도 진 듯이 떳떳하게 대하지 못했고, 왕래도 부쩍 줄었다. 근우 내외가 귀국했을 때 전화를 해서 인사가려는데 몇시쯤이 좋겠는가 물으면 친척들은 반갑고 고맙다는 말 대신에 으레 첫마디가 "아이구! 영어를 할 줄 알아야지"였다. 그것도 진실의 일면이나 듣는 편은 가슴이 아팠다. 여옥은 이년 중퇴이나 전공이 영문학이고 지금까지도 영문서적을 읽고는 있으나, 헬렌과 막상 말을 하려니까 얼른 영어가 되지

않아서 안타까웠다. 헬렌은 그녀대로 서툰 한국말을 하려고
애쓰기 때문에 더욱 외국인이라는 의식이 강해질 뿐이었다.

계동 언니가 이 완고한 고모에게 명연이 독일인과 연애한다
고 말한 것은 단순한 보고는 아니었을 것이다. 나 때문에 집안
에 서양 며느리 들어왔다 하시지만 '정옥 작은아씨는 독일인
사위 보게 되었는데 독일깨나 좋아했나보죠' 하고 혼자서 오
랫동안 썩던 마음의 앙갚음을 넌지시 했으리라.

드디어 정옥의 차가 왔다. 여옥은 고모를 어떻게 할까 생각
하다가

"같이 가세요."

했다. 기왕 차로 모셔야 하니까 택시를 따로 부르느니 정옥의
차로 모시는 것이 나을 것 같다.

고모는

"청하지도 않는데 내가 왜 가니?"

한다.

"그러면 여기 계시다 저녁 잡숫고 가세요."

여옥이 댓돌에 내려서며 말하니까, 고모는 다급하게 두루마
기를 입으며 "나도 간다. 내가 못 갈 덴가, 왜?"

한다. 이랬다저랬다 자기 기분대로다. 그러나 웬일인지 이 고
모는 여옥은 물론 친척간에 미움을 받지 않았다.

바람은 차나 햇살은 완연히 봄이다. 여옥은 차 안의 히터를
끄게 했다. 차가 장충동 고개를 넘어서 정옥의 집 골목이 보이

자 고모가 갑자기

"글쎄, 세상이 부끄럽다는 거지, 정말 세상 부끄러워 어찌 고개를 들겠니?"

한다.

여옥은 고모의 손등을 꾹 눌렀다. 운전사가 알까 해서다. 정옥이 그것을 비밀로 하고 있을지도 모르기 때문이다. 고모는 수차 뇌는 것이 세상 부끄럽다인데, 그녀는 그 '세상' 때문에 가끔 혼자서 공연히 사서 불행해진다.

그녀는 돈 있는 양반집의 외딸로 젊어서는 영리하고 아름다웠고, 남편의 사랑도 두터워 평생을 풍파없이 지내왔다. 경제적인 곤란도 모르지만 애정의 갈등도 모른다. 여옥은 서너 가닥 주름잡힌 고모의 눈귀를 보며 여든이 넘었으나 오십이 갓 넘은 그녀만치도 인생을 살지 못한 것같이 느껴진다. 여옥의 눈귀에는 주름은 없으나 그녀의 마음에는 깊은 주름살이 수없이 패어 있는 것을 느낀다. 손등을 꾹 눌린 고모는 운전사를 위한 신호인 줄 재빨리 짐작하고 무안한 듯이 입을 다물고 앞만 머쓱하니 보고 있다.

차가 섰다. 여옥이 운전사에게 이백원을 팁으로 주며 먼저 내려서 고모를 부축하려니까, 고모는

"그년 꼴 암만해도 못 보겠다. 집으로 갈 테야."

하고 홱 돌아앉는다.

여옥은 잘되었다고 생각하며 얼른 운전사에게

110

"미안하지만 청운동까지 모셔다드려요."

했다.

운전사는 고개를 끄덕이더니 이내 속력을 내어 달린다. 노인이 다시 번의(飜意)하기 전에 모셔다드려야겠다고 생각한 모양이다.

정옥은 여옥을 보자 반색하며 그녀를 응접실로 안내했다. 응접실은 언제 바꾸었는지 양탄자며 커튼이 모두 녹색 계통이어서 봄기운에 맞는다. 작년 여름에 왔을 때는 온통 시원한 청색 무드였다.

정옥은 혈압이 높아 누워 있다고 했으나, 보기에는 누워 있을 정도의 환자 같지는 않다. 전보다 조금 여윈 것 같으나 고혈압이면 몸이 나는 것보다는 여위는 것이 좋다고 들어서 여옥은 잘됐다고 생각한다. 안색은 나쁘나 잘 손질한 피부에 녹듯빛 롱드레스를 입은 정옥은 지금이 여자로서 한창때 같다. 그러나 혈압도 높아지고 눈도 침침해서 돋보기도 맞췄으며, 흰머리도 하나둘 나서 갱년기 증세는 부정할 수 없다.

"언니, 부탁이 있어 오랬어."

정옥은 쏘파에 앉자 미안한 듯이 말했다. 여옥은 그녀의 부탁이 무엇인지 듣지 않아도 짐작하고 있다.

근우가 부모와 인연을 끊더라도 헬렌과 결혼하겠다고 이를테면 마지막 편지를 보내왔을 때 계동 언니가 모처럼 만에 여옥을 찾아왔다. 여옥의 충고라면 들을 것 같으니까 근우에게 한마디 해달라는 것이었다. 여지껏 경원하던 여옥의 충고를 근우가 대단하게 여길 리 없었다. 여옥이 몇번 연애해본 결과 불행한 본보기처럼 된 것을 이용하려는 것이었다. 여옥은 사랑의 패배자로 자인하나 남이 그것을 이용하려고 하니까 기분이 상했다. 그러나 계동 언니가 주문하는 대로 사랑은 지나고 나면 아무것도 아닐뿐더러 오히려 안한 것만 못하느니라는 등속의 글을 써서 근우에게 보냈다.

주문대로라지만 전혀 그녀 마음에 없는 말은 아니었다. 여옥은 하필 지나고 나면 아무것도 아닌 사랑만 했는지 모르겠노라고 스스로 탄식할 때도 있었다.

"명연이 말이야, 언니."

정옥은 말을 하고 고개를 푹 숙였다. 그녀의 뺨이 화끈 붉어졌다. 여옥은 아무것도 모르는 체하며

"명연이가 어쨌어?"

했다.

"글쎄 독일인 기사하고……"

"실연이라도 당했니?"

여옥은 딴전을 친다.

"아니, 그랬으면 오죽 좋겠어."

외국인과 연애하느니 실연하는 쪽이 숫제 났다니 여옥은 할 말이 없다.

"언니, 미안하지만 단념하라고 말 좀 해줘. 개 아버지가 그

렇게 야단치고 내가 그렇게 빌다시피 말해도 안돼요. 언니가 한마디 해주었으면 좋겠어."

"얘, 부모 말도 안 듣는데 내 말을 왜 듣겠니?"

"들을 것 같어……"

여옥은 정옥의 뜻을 알고 속으로 웃으며

"근우 때도 있는 소리 없는 소리 다 해 보냈지만 아무 소용 없더라. 무턱대고 야단만 치지 말고 다른 방향으로 네가 생각을 고치면 어때?"

하고 말했다.

정옥은 커다란 눈을 놀란 듯이 한층 크게 뜨며

"언니는 아직도……"

하다가 끝을 못 맺는다.

"그래, 아직두 연애가 좋아. 상대만 있으면 지금이라도 연애하겠어. 이번에는 진짜로 말이야."

하며 여옥은 담배를 피워물었다. 정지준 교수의 모습이 그녀의 머릿속에 떠올랐다 사라진다. 그 모습은 침착하고 깨끗하고 속 넓고 정열적이다.

"언니두, 불난 집에 부채질하기예요?"

그녀는 오렌지 주스를 여옥에게 권하며

"담배는 무슨 맛으로 피워요? 몸에도 나쁘다던데."

한다.

"맛은 모르지만 피우는 그 맛에……"

"언니는 맨 그래."

연애도 하는 그 맛에 한다는 뜻인지? 여옥은 정옥의 말뜻을 캐묻지 않고 빙그레 웃었다.

"나는 심각해요. 나를 살리는 셈치고 명연이한테 말 좀 해주어."

"그래, 하라는 대로 해줄게. 도대체 무어라고 하란 말이니?"

"언니 말 잘하지 않우."

정옥은 차마 '나를 보아라, 사랑이 다 무언가, 헤어지면 그만이고 그때뿐이다, 다시 찾아주기를 하나, 미련이 남나'고 말해달라는 대신 언니는 말을 잘한다고 한다.

"명연이는 야단치면 딴 친구들은 여러 남자와 데이트하는데, 저는 다만 스턴만을 사랑하는데 어째서 나쁘냐고 해요. 남의 남편을 뺏었나……"

하다가 정옥은 머뭇거린다. 그녀는 여옥의 두번째 남편이 기혼자이던 것이 생각난 것이다.

여옥은 얼른

"그 말 옳다. 남의 남편을 뺏었나, 돈에 팔린 연앤가. 너보다 훨씬 생각이 건전해."

하고 정옥이 당황하는 데를 슬쩍 넘겨주었다.

"자식 낳아 길러서 다 이 꼴 된다면 허망해서 어떻게 살겠어. 언니는 자식이 없어 내 속을 몰라요."

"자식뿐 아니라 무엇이든 기대에 어긋나면 허망한 거야."

"언니두, 지금 내가 일반적인 철학 같은 것 생각할 여유가 있겠어? 당장 명연이를 어떻게 할 건가가 문제지. 독일인이지만 독일의 어느 말뼈다귄지 개뼈다귄지 알 수도 없고, 대학 다니다 말고 여기 건축회사의 기사로 와 있는 놈이야. 대학도 못 나온 형편이니, 형세는 오죽 궁하겠어. 창피해서 언니니까 말하지, 남이 알까 무서워."

정옥은 말하고 한숨을 내쉰다.

"지금 세상에 뼈다귀 찾는 것도 말이 아니고, 대학만 나오면 제일이니? 그만치 재주 있으니까 대학 안 나와도 외국에서 초빙할 정도의 기술잔데……"

정옥은 고개를 설레설레 흔든다.

"언니는 몰라서 그래요."

"그야 본인을 안 보았으니까 모를 수밖에. 너는 보았니?"

"응, 딱 두 번."

"……"

"생긴 건 깨끗한 편이야. 그러면 무엇 허우?"

정옥은 머리가 아픈지 팔걸이에 팔꿈치를 세우고 손으로 이마를 누른다.

"그애들 어느 정도냐?"

"글쎄, 내 딸은 미국 가서 공부해야 하니까 단념하라고 했더니, 미국 아니라 지구 밖에 가 있어도 언제든지 만나 결혼하겠대요. 그렇게 엉뚱한 소리만 하니까 명연이가 홀딱 넘어갔지.

죄 될 말이지만 그놈이 칵 죽었으면 좋겠어, 정말."

"허, 참!"

여옥은 한숨을 내쉬며 담배에 다시 불을 붙였다.

"비자까지 다 나왔는데 그 녀석 때문에 명연의 앞날이 완전히 뒤집혀버렸어. 분해죽겠어."

정옥은 뺨이 붉게 상기되고 목소리도 떨린다. 여옥은 아까부터 하고 싶던 말을 했다.

"네 모양을 보니 스턴이 독일인이 아니더라도 돈 없고, 문벌, 학벌 없는 청년이라면 한국 사람이더라도 마찬가지였을 것 같은데…… 어때?"

정옥은 놀란 듯이 이마에서 손을 떼고 여옥을 바라보더니 항복한다는 듯이 목소리를 떨구며

"언니 말이 옳은지도 몰라. 게다가 또 외국인이에요. 설상가상이지. 나는 절대 허락 못하겠어. 그러니까 언니가 한번 충고해주어요."

"말이야 쉽지 뭐."

정옥이 초인종을 눌러 명연을 오라고 했다. 심부름하는 아이가 와서

"언니 목욕하는데요."

하고 나간다.

"그런데 명연이 미국 가면 스턴이 그리로 가지 않을까?"

여옥이 물으니까, 정옥은

"못 갈 거예요. 앞으로 이년 동안은 여기 계약이 돼 있어서."

"계약이 끝나고 간다면?"

정옥은 한숨을 쉰다.

"그동안에 안목도 넓어지고 비판력도 늘어서 다른 좋은 사람이 생길지도 모르지 않아요? 좌우간에 지금 붙은 불은 꺼야 하니까요."

식을 때를 기다리자는 복안인 것 같다. 그것도 한 방법이다. 그런데 명연이 미국에 가지 않으려고 한다는 것이다. 여기서 매일 스턴을 만나느라고 그렇게 원하던 미국 유학도 싫다고 한다고 한다.

"서둘러 보낼 것을 차일피일하다가 그만 그 녀석을 만나서……"

노크 소리가 나고 명연이 들어왔다. 그녀는 밝은 음성으로

"이모 오셨어요?"

하며 정옥의 옆에 앉는다. 머리가 덜 말라서 가뜩이나 까만 머리가 더욱 검게 윤기가 흐른다. 그녀는

"엄마, 왜?"

하며 고개를 갸우뚱하고 정옥을 쳐다본다. 이지적인 눈매며 오똑한 코, 꼭 다문 입술이 꼭꼭 깨물고 싶게 귀엽다. 독일 사람도 반하는 것이 당연하다고 여옥은 생각하며

"내가 할말이 있어서 오랬다."

했다. 명연은 의아한 듯이 눈을 깜빡이며 여옥을 쳐다본다.

"너 연애한다는데……"

여옥은 말하다가 담배를 붙여 물었다.

"이모도 반대세요?"

명연이 또렷이 말했다.

"반대는 왜 해. 나를 보고 연애가 별게 아니라는 걸 알라는 거지."

말을 시작하니까 여옥은 어떻게 해서든지 명연의 앞날에 불행이 없도록 막을 수 있으면 막아주고 싶어진다.

"명연아, 생각 잘해서 해라. 나도 죽을 만치 좋아서 결혼했었다. 두 번씩이나."

명연은 갑자기 두 손으로 얼굴을 가리더니 의자 팔걸이에 엎드려서 흐느껴 운다.

"아니, 너 왜 우니?"

정옥이 속의 것이 터지는 듯 찢어지는 소리를 지른다. 명연은 일어서서 응접실 문을 열어둔 채 뛰어나갔다. 정옥은 일어서서 문을 닫고 쏘파에 털썩 주저앉았다.

"야단만 치지 마라. 걔는 걔 나름으로 생각하고 있는지 어떻게 아니? 그만둘까 하고 생각하면 더욱 그립고, 사랑이 별게 아니라니까 지레 슬프기도 하겠지. 너는 아무것도 몰라."

"언니두, 연애를 안한다고 아무것도 모르는 줄 알아요? 연애를 안하는 것은 다만 일을 떠들썩하게 벌이지 않는다뿐이에요. 요는 감정대로 내닫느냐, 이성으로 판단해서 좀더 차원 높은 세계를 이루느냐가 문제지."

정옥은 벌컥 화를 낸다. 그녀는 연애할 때마다 말썽을 일으키고 끝날 때는 초라하게 헤어지고 마는 여옥에 대한 경멸감이 되살아난 모양이다. 여옥도 기분이 틀린다. 그녀는 할말은 해야겠다고 생각했다.

"높은 차원의 세계라는 건 무어냐? 내가 젊었을 때는 사람들은 연애 자체를 죄악시했지. 너는 지금 연애는 좋으나 상대가 이름도 돈도 없어 안된다는 거야. 스턴이 독일의 대통령 아들이라면 이 야단 안 치겠지?"

"언니 말도 다 그럴듯하지만, 외국인이라는 게 보통 핸디캡이 아니야. 같은 민족끼리도 오래 살면 기분이 안 맞는데, 더구나 국가간의 우호관계는 언제 변해서 적이 될지도 모르지 않아? 사랑도 좋지만 민족감정도 있는 것이니까. 더구나 우리는 약소민족에다 후진국 아녜요? 야만인은 할 수 없다고 나오면 분해서 어떻게 해? 남녀간의 문제에 그치는 문제가 아녜요."

정옥의 말은 꽤 뼈대가 서 있다.

"싫으면 그만두는 거지 뭐."

여옥은 그녀의 힘으로는 정옥도 명연도 움직이지 못할 것 같아 될 대로 되라는 식의 기분이 된다.

"언니두, 짧은 인생에 싫다 싫다 해서 버리고만 있으면 이루어지는 게 뭐 있어요. 연애가 지상(至上)이라는 사람치고 변심 않는 사람 본 일 없어요. 사람이면 누구나 연정이 있어요. 시끄럽게 연애사건 일으키고선 사랑하지 않는다고 부정하고 또 다른 사람에게 열을 올리고 하느니, 가슴에 연정을 오래 간직하는 것이 훨씬 아름다운 인생이에요."

"어째 너한테 설교 듣는 것 같다."

여옥은 정옥의 이로(理路) 정연한 말을 들으니까 제 못난 것이 새삼 느껴진다.

"언니를 두고 하는 말인가? 명연이 때문에 신경이 곤두섰는데 언니가 화를 돋우니까 그러는 거지."

정옥은 활짝 웃으며 여옥에게 눈을 흘긴다.

"화만 내서 미안해요. 오랜만에 오셨는데, 내가 요새 내 정신이 아니에요."

정옥의 얼굴은 금세 미안한 듯이 조용해진다. 그렇게 나오니까 여옥은 정옥을 이해할 것 같고 힘 닿는 대로 돕고 싶어진다. 정옥은 여옥을 잡았다 놓았다 한다. 수단이 여간 아니다.

"저녁 잡숫고 가세요. 오늘 저녁은 언니가 좋아하는 새우프라이 준비했어."

여옥은 정교수와 저녁식사 약속이 있는데 그러마고 하마터면 대답할 뻔했다. 그녀는 당황하며

"아니, 시간이 없어. 가게에도 나가보아야겠고, 내일이 레슨 날이니까 연습도 해야지."

했다. 정옥은

"그래요?"

하고 굳이 만류하려고 하지 않는다.

그들은 응접실을 나왔다.

"피아노는 얼마나 나갔어요?"

"형편없어."

"언니는 참 좋은 데가 있어."

정옥이 여옥의 구두를 돌려놓으며 말한다.

'좋은 데라니?'

다 늙어서 공부 시작한 것이 좋다는 뜻인지, 형편없다고 해서 솔직해서 좋다는 뜻인지, 아무리 찌르는 말을 해도 화를 안 내서 그렇다는 건지 도무지 알 수 없으나 여옥은

"그래, 고마워."

하고 기다리고 있는 정옥의 차에 올랐다.

여옥은 사랑이 있어 괴로웠고, 그것이 없을 때 허전해하면서 살아왔는데, 정옥의 말을 듣고 보니 연애 외에도 값진 생활이 있음을 새삼스레 안 것 같았다.

정교수의 은근한 사랑고백을 받고 집에 돌아온 여옥은 옷을 갈아입지도 않고 한참 동안 쏘파에 앉아서 나이도 잊고 울었다. 행복감과 그리움이 뒤섞여서 울음은 좀처럼 그칠 줄 몰랐다. 정교수는 그녀보다 사년 연하고 상처하고 삼년, 대학 다니는 아들이 둘이다. 재혼도 할 수 있는 처지지만 여옥은 사랑에 열중해서 미처 결혼은 생각하지 못하고 있었다. 그들은 요즈음 매일 서로 전화를 해서 만났다. 다방에서 만나 얘기하거나

식사하고 영화구경을 하고 극장에서 나와서 또 얘기를 하고…… 통금시간이 가까워서야 겨우 헤어졌다.

여옥이 정옥의 집에 다녀온 뒤 열흘쯤 되어서 그녀는 정옥의 전화를 받았다.

정옥은

"언니유?"

하더니 목이 메어 말을 못한다. 여옥은 가슴이 덜컥 내려앉았다. 명연에게 무슨 변이 났는가 해서다.

"왜 그러니? 왜 그래?"

그녀는 다급하게 물었다.

정옥은 겨우 울음을 누르고

"명연이가 미국 가겠대요."

한다.

"뭐라구?"

마음이 놓이자 여옥은 화가 벌컥 나서 소리쳤다.

"그런데 너는 왜 우니?"

"어쩌다가 그깐 녀석 만나가지구 야단만 친 게 가엾어서……"

"가여울 것도 많다!"

"걔야 언제 야단 한번 맞아본 일 없어요. 얼마나 신통한 아이였다구……"

"알겠어, 알아. 그런데 언제 떠나니?"

"모레 세시 반 비행기야. 언니 고마워. 언니 말 듣고 단념하기로 했대요. 내 일생 은혜를 잊지 않겠어요."

"아니, 내가 명연이더러 무어랬길래 그런대?"

여옥은 중대한 일을 저지른 것 같아 가슴이 쿵 내려앉는다. 정옥은 그 물음에 대답하지 않고

"스페어 차를 보낼 테니 언니는 청운동 고모 모시고 오세요. 고마워요."

하고 전화를 딸그락 하고 끊는다. 더 할 말은 없겠으나 정옥이 제 말만 하고 끊는 것이 어쩐지 매정하게 느껴져 여옥은 서운하다. '이렇게 필요없는 부분에만 미련을 가지니까 젊은 때를 필요도 없는 사랑으로 허송했나보다' 생각하며 여옥은 수화기를 천천히 놓으며 혼자서 웃었다.

명연이 여옥의 말을 듣고 사랑을 단념했다는 것에 그녀는 적지않이 죄의식을 느꼈다. 명연이 사랑을 단념해서 도리어 행복해진다면 죄인이 되어도 보람있지 않은가 하고도 자위해 보나 역시 죄의식은 없어지지 않았다.

여옥은 명연을 데리고 나가서 선물을 고르게 하려고 했으나, 명연이 시간이 없어 기회를 갖지 못했다. 그녀는 그녀의 가게에 있는 자수정 펜던트와 반지를 예쁘게 포장했다. 그것으로는 마음에 미비해서 그녀는 연수정 타이핀 쎄트도 쌌다. 점원이 여옥한테 그런 것 선물해서 무엇 하느냐고 한다.

"보이프렌드가 생기면 주라구……"

말하고 나서 그녀는 제발 좋은 애인 만나라고 속으로 기도했다.

정옥의 스페어 차가 고모와 고모의 손녀인 경희를 태우고 왔다. 고모와 한차를 타니 잔소리깨나 듣겠다고 여옥은 속으로 고소(苦笑) 했으나 자가용이 없으니 하는 수 없었다.

하늘은 맑고 날씨는 덥다. 갑자기 여름에 들어선 것 같다. 비행기 여행으로는 썩 좋은 날씨다.

여옥은 꽃가게 앞에서 차를 세웠다. 그녀는 코사지를 만들었다. 빨간 카네이션으로 할까 하다가 단조롭고 짙은 빛이 사랑까지 단념한 얼굴에 오히려 쓸쓸하게 보일까 해서 분홍으로만 깨끗하게 만들었다.

리본을 매고 거기에 몇마디 쓰려고 하니까 얼른 적당한 말이 떠오르지 않는다. 여옥은 천천히 생각하기로 하고 차에 탔다. 차가 제2한강교까지 왔는데도 좋은 문구가 떠오르지 않았다.

'건강하여라. 대성하여라'가 가장 평범하나 진실이었다. 유학중에는 건강이 제일이고 기왕 공부하러 갔으니까 그 방면에 성공해야 하는 것이 당연한 말이다. 차가 흔들리니까 쓸 수가 없어서 그녀는 공항에서 글씨를 잘 쓰려고 마음먹었다.

고모는 세종로에서부터 졸다가 차가 다리를 건널 무렵에야 겨우 잠이 깨었다. 창밖으로 한강에 태양이 내리쪼이는 것을 보고 있더니 손수건으로 눈물을 닦는다.

"어이구, 내가 또 명연이를 언제 볼까!"

그 말에 여옥의 가슴에도 찡하고 무언가가 와서 닿는다. 고모가 앞으로 사신다면 얼마를 사실까.

고모는 한숨을 쉬며

"죽어서 이 세상에는 없을 테니……"

여옥은 펄쩍 뛰듯이

"고모도 별말씀을, 가면 아주 가나요, 앞으로 오년 안으로 올 텐데."

했다.

"오년……?"

고모는 연방 흘러내리는 눈물을 닦는다. 여옥도 눈시울이 뜨거워지는 것을 눈물을 보이지 않으려고 입술을 깨물었다. 고모 때문에도 슬프지만, 애인을 버리고 가는 명연의 마음을 생각하니, 한번 눈물이 흐르기 시작하면 걷잡을 수 없을 것 같아서다.

여옥 일행이 공항에 내리니까 명연은 가족과 기념촬영을 하는 중이었다. 정옥은 사진을 찍는데도 색안경을 꼈는데 하도 울어서 눈이 부은 것을 감추려는가보았다. 손수건이 자꾸만 양쪽 뺨을 누르는데 지금도 눈물이 흐르는 모양이다. 명연은 가족과 몇차례 사진을 찍고 나서 친구들과 카메라 앞에서 포즈를 취한다. 제스처로 활짝 웃기도 하는데 그 웃음이 아무 구김살없음에 여옥은 놀랐다. 짧은 스커트 밑으로 날씬한 다리가 걸을 때마다 활발해 보였다. 다리뿐 아니라 그녀의 얼굴과

온몸에 신선한 기쁨이 넘치는 것 같다.

그것은 결코 여옥이 가슴아프게 상상하던 사랑을 단념한 얼굴이 아니었다. '명연은 스턴을 단념하지 않았다. 그들은 어디에선가 국외에서 만나기로 약속이 돼 있다'고 그녀는 직감했다. 뜨겁게 사랑하고 또한 그런 사랑을 받은 적 있는 여옥은 그 직감이 틀림없으리라고 단정했다. '경험자가 아니면 느낄 수 없지……'

스턴은 여행이 자유로운 외국인이다. 동경쯤에서 며칠 뒤 만나기로 했는지, 아니면 이미 스턴이 먼저 가서 그녀를 기다리고 있는지도 모른다. 그렇게 생각하자 여옥은 어깨의 짐을 내려놓은 것 같아 기분이 홀가분해진다. 그리고 또 지금이라도 늦지 않으니 한번 더 잘 생각하라고 명연에게 충고해주고 싶기도 하다.

엇갈리는 감정 속에서 그녀는 창가에서 리본에다 아까 생각해둔 문구 대신 이렇게 썼다. '행복해라. 그리고 조국을 잊지 마라.'

여옥은 조국이라는 말을 쓰는 순간 갑자기 애국의 정 같은 것이 강렬히 가슴을 스치는 것을 느꼈다. 이런 때 엉뚱하게…… 나는 맨 이렇다니까.

그녀는 출국문을 나서는 명연의 가슴에 코사지를 달아주었다. 그리고 말없이 명연을 한번 포옹했다.

가족과 인사를 나누고 출국문에 들어서자 명연의 걸음은 한

층 가벼워졌다. 부모도 학문도 다 내던지고 한 남자만을 태양
처럼 믿고 가는 명연의 뒷모습을 보고 섰다가 여옥은 갑자기
걷잡을 수 없는 공허감을 느꼈다.

"언니, 나하고 집에 같이 가줘."

흐느껴 우는 정옥을 거절하고 여옥은 공항에서 똑바로 집으
로 갔다.

그녀는 샤워를 한 뒤 정교수에게 전화를 했다.

"당분간 만나지 못할 것 같아요. 네? 아니에요. 사랑하고 있
어요. 겸사겸사 시골에 다녀오려구요. 오늘밤 나오실 것 없어
요, 여럿이 가니까. 안녕히 계세요."

모두 거짓말이다. 그녀는 세상에는 정교수와의 사랑보다도
무언가 크고 넓은 일이 있는 것 같은 느낌이 들었다. 이제 두
사람만의 좁은 세상에서 울고 웃는 남녀간의 사랑이라는 것에
는 지쳤다. 그녀는 조용해진 마음으로 쏘파에 기댄 채 잠을 청
했다.

여 수 旅愁

"여행객이 많습니다. 등산 코스도 좋고, 스키장도 좋고, 바다도 좋고 해서 그런가보지요? 스키 타러 오셨습니까?"

운전대에 앉은 청년이 앞을 본 채 말한다.

그의 밝은 감빛 윗도리가 회색 시트의 차 안을 밝게 해주고 있다.

"아니에요……"

정희(貞姬)는 바다나 보려구요, 하려다가 그만두었다.

차 안에 난방이 되어 있어서 냉하던 뺨이 이내 풀린다. 그녀는 쿠션에 깊숙이 파묻혔다. 머플러에 뿌린 향수 냄새가 부드러워진 후각에 은은히 스며들었다. 그 향기가 가라앉아만 가는 기분을 달콤하게 감싼다. 그녀는 창밖으로 시선을 돌린 채 향수 냄새가 오관에 스며 퍼지는 아련한 쾌감에 잠시 젖어들었다. 이윽고 잊었던 것이 생각난 듯 쿠션에서 허리를 일으키며,

"담배를 피워도 좋을까요?"

했다. 기분 탓인지 음성이 가라앉아 있다.

"좋지요."

청년은 군침이 도는 듯 말하고 정희를 뒤돌아보았다. 검은 눈이 맑다. 서울말씨에, 학생 같은 인상인데 벌써 겨울방학이 되었는가? 스키객인지? 생각하며 정희는 담뱃갑에서 한개비를 꺼내어 그에게 건네었다.

청년은 정희의 담배를 든 하얀 손을 잠시 보고 있다가

"그걸 피우면 잠이 안 와서요."

하고 뒤통수를 긁는다.

"아……"

'아 그래요' 하려다가 말끝을 맺지 않고 의자에 등을 기대며 그녀는 담배에 불을 붙였다.

갑자기 짜릿한 감각이 젖꼭지서 복부 쪽으로 내닫는다. 석진 생각이 났다. 그녀는 얼른 라이터를 껐다.

오랫동안 잊고 있던 석진이 왜 생각났는지 의아하게 여기며 그녀는 담배연기를 천천히 뿜어내었다. 여행하는 탓일까? 얼마 전에도 여행을 했는데…… 담배를 피우면 잠이 안 온다는 그의 말 때문일까?

석진도 그런 말을 했었다. 정희가 내준 담배를 거절하며

"잠이 안 와서요……"

했다. 그리고 왈칵 그녀의 손을 잡아당겨서 파티객들 사이를
누비며 한구석으로 갔다.

"우리 같이 살 수 없을까요?"

그에게 뜨겁게 이끌리고 있는 정희의 속을 환히 알고 하는
말 같았다.

그들이 만나는 것은 공석상(公席上)의 모임에서뿐이었다.
극히 형식적인 '안녕하세요, 날씨가 계속 좋군요, 장마가 지루
합니다' 정도의 인사만 교환했었다.

그날도 누군가의 환영회였다. 화단, 정계, 실업계의 명사들
이 붐비고 있었다.

그의 말은 돌발적이었으나, 정희는 그를 만날 때마다 그의
전신이 그녀에게 그렇게 묻고 있는 것처럼 느껴졌던지 놀라지
도 않았고, 새삼 놀란 척할 만큼 그녀는 또한 젊지도 않았다.
그녀는 다만 빙그레 웃고 그 자리를 피했다.

정희는 양편의 유리창을 조금씩 내렸다. 담배를 피우면 잠
이 안 온다니까, 연기도 좋아할 것 같지 않아서다. 연기는 차
안에 머물렀다가 이내 달리는 창밖으로 흘러나간다.

청년은 활기찬 음성으로

"이런 길 운전하는 건 누워서 떡먹기지요. 차도 새거라 할
만하지요. 운전하실 줄 아세요?"

"아니요."

그는 무언가 말이 하고 싶은가보았다. 차는 아스팔트가 팬 데를 부드럽게 돌며 비켰다.

"저는 정말, 씨트로앵을 한번 갖고 싶어요. 디자인도 멋지던데요. 거드름떠는 캐딜락 같은 건 문제도 아니에요. 빨간빛이나 베이지빛이 제일 멋있던데요? 선전책자에서 보았지요. 고속으로 달릴 때는 차가 길에 납작 붙는대요. 과대선전일까요?"

그는 핸들 위에서 두 팔꿈치를 일직선으로 벌리고 납작 엎드리는 시늉을 했다가 어깨를 두어 번 으쓱거린다. 씨트로앵을 가지고 싶어서 못 견디겠는지, 체내에서 에너지가 그렇게 발산하는 것인지 모르겠다. 차분한 정희의 기분에 그의 말소리는 기차바퀴 소리처럼 부산하게 차 안을 회전한다. 택시며 자가용이 서너 대 그들을 앞질러갔다. 청년은 뒤질세라 액쎌러레이터를 한껏 밟는다. 돌에 걸렸는지 차에 충격이 있었는데도 마구 달린다. 속력을 늦추라고 해도 그럴 것 같지 않아서 정희는 잠자코 그의 뒤통수만 보고 있었다. 앞차들을 뒤로 물리치자 겨우 속력을 늦추었다. 그러자 뒤차들이 다시 앞으로 내닫는다.

"짜식들……"

청년은 휘파람을 획 불었다. 그러나 이번에는 속력을 내지 않았다. 추월한 차들이 멀어지고 나니 길은 다시 한산해졌다.

창밖 오른편은 초겨울의 들이 펼쳐지고, 왼편에는 모래밭 너머 멀리 바다가 보였다. 낙엽진 가로수가 흐린 하늘에 으스스 추운 듯이 섰다가 하나씩 스쳐간다.

"아무튼 달린다는 건 재미있어요. 멋으로가 아니라, 게을러서 장발이었거든요. 마침 중간시험 때인데 덜컥 걸렸잖아요. 다음날도 시험이 있는데 될 말입니까? 그냥 뛰었지요. 죽기 아니면 살기지요 뭐. 우리나라는 별난 시대를 지내왔어요. 장발이라고 잡아가니……"

청년은 즐거운 듯이 핸들을 조정했다.

"신나던데요. 그런 경험 있으세요?"

그녀는 잠자코 고개를 옆으로 저었다. 한참 달리다가 청년은 앞을 본 채

"그런데, 여쭈어보아도 좋을까요?"

하며 뒤통수를 긁다가,

"아주머니가 타시니까 차 안이 향기로워졌습니다. 꼭 살결에서 스며나오는 것 같은데……"

하고 또 뒤통수를 긁는다.

"아니, 아니에요."

정희는 당황하며 쿠션에서 허리를 일으켰다.

"그러면 향수 냄새인가요? 무슨 향숩니까? 샤넬? 저는 샤넬이라는 향수밖에 모릅니다. 그것도 맡아본 적은 없고 이름만 알 뿐이지요. 텔레비전에서 비누 선전할 때 그러지요. 오호, 샤넬, 샤아넬의 그 향기……"

장발단속에 걸려서 뺑소니친 일이 있다는 그는 광고에 나오

는 여자의 목소리를 그럴듯하게 흉내내었다. 정희도 입가에 웃음이 흘렀다.

"이것은 샤넬이 아니구 조이예요."

"조이라구요? 그런 것도 있구나! 그런데 그게 꼭 아주머니 살결에서 새나오는 것 같거든요? 뭐라고 할까요? 그 냄새를 구상화(具象畵)에 담는다면, 아마 아주머니처럼 생겼을 겁니다."

그는 말을 맺고 갑자기 뒤돌아보며

"김정희 여사시지요?"

한다. 아까부터 하고 싶은 것을 참다가 못 견뎌서 묻는 모양이었다.

정희는 속으로 놀라며

"아닌데요."

시치미를 떼었다. 온갖 현실에서 멀어져보려고 훌쩍 나선 여행길인데 결코 누구라고 알려지는 것은 싫었다.

"첫인상이 그분 같았어요. 화가시지요?"

정희는 잠자코 고개를 저었다.

"작년이던가요? 여사의 개인전에 갔었지요. 반추상화였던 것 같은데, 그렇지요? 저야 그림은 봐도 몰라요. 별 취미가 없는데, 친구 녀석이 최고의 지성인은 예술을 이해해야 한다고 끌고 다녀서요. 공자는 음악을, 앙드레 말로는 미술을, 슈바이쩌가 오르간을 치면 하늘이 열린대나요? 처칠은 노벨 문학상을 탔을 정도며, 또 그림도 잘 그렸답니다. 피아니스트인 빠데

레프스끼는 폴란드의 대통령이었고, 루쏘도 작곡을 했대요. 아인슈타인이 바이올린을 잘 켰고, 어쩌구 하면서 말이지요. 덕분에 음악회며 전람회는 부지런히 쫓아다녔지요. 저는 선생님 그림은 아래위층 것을 오분 동안에 다 보아버렸지요. 이것 참 실롄데요. 그런데 그걸 그린 선생님은 한 십분쯤 바라보았지요. 그리고 저 사람 남편 참 행복한 녀석이구나 했지요. 나도 그런 녀석이 되려고 맹렬히 여성을 찾아봤지요. 일년 걸려서 겨우 찾아내었는데, 같은 학교에 다니는 여학생이에요. 등잔 밑이 어둡다고, 참, 공연히 여자대학 교문 앞에서 시간깨나 낭비했었지요."

그는 다시 속력을 낸다. 허비한 시간에 화가 났는지 그녀를 닮은 여성을 찾았다는 말을 대놓고 하고 보니 열쩍었는지.

정희는 그의 기분을 돌려주려고

"그러니까 미술 하는 학생?"

했다.

"아니에요. 김여사가 화가라서 좋았던 건 아니니까요. 여자는 저렇게 생겨야 한다고 생각했지요. 그녀는 화학이 전공이에요."

그는 어깨를 한번 으쓱 올렸다.

"그녀가 온다고 해서 비행장에 갔더니 안 왔잖아요! 오히려 잘되었어요. 오면 좌우간 신경을 써주어야 할 테니까. 방은 제 방에서 마주보이는 데에 예약을 해놓았는데…… 참 그 방을 양보해드릴까요? 예약하셨나요?"

"아니요."

"그 방에 드세요. 남쪽은 바다가 절벽 밑으로 보이고, 동쪽은 바다가 멀리 보이는 멋진 방이지요. 아침해가 뜰 때면……참 이거, 해뜨는 건 못 봤지만……"

그는 뒤통수에 또 손이 간다. 괴로움을 모르는 사람은 해가 뜨고 지는 모습을 보아도 보이지 않는 것이니까…… 정희는 그의 깨끗한 뒷모습을 보며 말했다.

"고맙습니다. 그런데 그 걸프렌드가 오면 어떻게 하나요?"

"뭐, 제 방을 주지요."

"학생은 어떻게 하구?"

"직원용 방에서 자지요. 주방에서 자도 되고요. 안 자도 상관없어요 뭐. 젊은놈이 하룻밤쯤 안 잔다고 큰일나겠습니까?"

학생의 대답은 거침없이 나온다. 정희는 잠자코 있을 수밖에 없다.

"손님이 많아서요. 저희 일행은 넷인데, 오늘밤은 한방을 써야 할 것 같아요. 그러고 보니 제가 마치 호텔 주인 같지요?"

그는 유쾌한 듯이 웃었다.

"그 호텔이 제 친구의 아버지 겁니다. 저는요, 일학기말 고사를 잘 쳤거든요, 스트레이트 A예요. 약속대로 엄마가 휴가를 주신 거지요. 더구나 일주일이나 말이지요. 그런데 눈이 안 오니까, 스키도 못 타고 일기예보도 앞으로 며칠 내에 눈이 올 거라는 소리는 없어요. 지금 흐렸길래 내일은 눈이다 했더니 밤부터는 싹 개어서 보름달을 볼 거랍니다. 세 녀석이 그냥 찌지요, 쪄요."

말은 찐다고 답답한 듯이 하나, 핸들을 조정하는 그의 어깨는 즐거운 것 같다.

속도도 쾌적하다. 밝고 붙임성있는 성격으로 보아 아마도 좋은 가정에서 따뜻하게 자란 것 같았다.

"친구의 아버지가 한 성질 있는 사람입니다. 업체가 몇개 있는데 자수성가한 분이지요. 제 친구는 상과가 전공인데요, 지성은 예술을 이해해야 한다는 그 친구예요. 조금만 무엇을 생각하고 있으면, 젊은놈이 빈둥거린다고 아버지가 야단을 친대요. 짜식이 소제부 노릇도 하고, 프런트도 보고 바쁘지요. 친구가 하니까 우리도 할 수밖에 없어요. 몇호실 소제다 하면, 네 녀석이 와 몰려가지요. 뭐, 전기소제기로 양탄자 부분만 드르르하는 겁니다. 복도도 다 하지요. 그랬더니 원래 숙식 일체를 공짜로 초대를 받았는데요, 그 친구 아버지가 신통하다고 서울 가는 비행기표도 사준대요. 기차 타고 갈 테니까 표로 받지 말고 돈으로 받아두라고 세 녀석이 그 친구한테 단단히 일러놓았지요. 친구 녀석은 소제부는 약과라나요? 벽돌도 나르고, 땅도 파고 중노동을 시킬 때도 있대요. 아버지는 정신노동을 전혀 모르고 노동이라면 육체노동뿐인 줄 안다며 불만이 많지요. 친구 녀석은 가출하고 싶어도 나가보아야 결국 일해야 먹고 사니까, 매한가지라 부자간의 인연을 연결해둔답니다."

138

정희는 그가 그녀를 태워주게 된 경위를 이제야 환하게 알았다. 그녀는 공항에서 탄 택시가 오분도 못 가 고장이 나서, 운전사가 차 밑으로 들어가 수리하는 동안 길 옆에 서 있었는데, 마침 자가용 하나가 급정거를 하더니 운전대에서 소리를 쳤다.

"산호 호텔로 가신다면 모셔다드리지요?"

학생은 일주일 예정으로 서울에서 친구의 아버지가 경영하는 휴양지로 왔는데, 오늘 애인이 온다고 해서 공항에 마중나왔다가 빈차로 호텔로 되돌아가는 길이던 것이다.

온다던 애인이 오지 않았는데도 기분 나빠하지 않고, 혹시 사고가 아닌가 하고 걱정도 하지 않는다. 그의 말대로 신경을 써주어야 할 텐데 오지 않아 오히려 홀가분할 뿐인지, 애초에 오리라고 기대하지 않았는지, 아니면 사랑하는 사람이 아닌지 구김없이 솔직하기만 한 그에게 정희는 호감이 갔다.

산호 호텔로 가는 언덕 한모퉁이가 멀리 보이기 시작했다. 절벽 밑으로 바로 바다가 보이는 방. 바람벽에 부딪히며 산산이 깨어져나가는 파도의 환상이 왠지 스산하게 정희의 가슴을 흩트려놓는다. 그녀는 다시 한개비에 불을 붙이려다가 그만두었다. 학생을 위해서.

"김선생님은 통 말을 안하십니다. 저만 떠드는데요."

"학생 얘기가 재미있어서……"

"선생님 부군은 무얼 하시는 분입니까?"

"……"

"애들은 몇이나 있으세요?"

"……"

학생은 뒤통수를 긁으며

"실례일까요?"

한다.

"아니요. 애들은 없고, 남편은…… 말하고 싶지 않은데요. 그런데 저는 그 화가가 아닙니다."

"상관없어요. 아니면 또 어때요."

학생은 뒤돌아보며 웃었다.

"김선생님! 담배를 피우시는데, 건강은 괜찮으십니까?"

그는 정희가 선생임을 포기하지 않는다.

정희는 그의 자신감에 조금 웃고

"괜찮습니다."

했다.

겨울해라 다섯시인데도 벌써 어둡다. 멀리 수평선 가까이에 불빛 하나가 희미하게 명멸하고 있다. 고기잡이배인가. 어둠이 서서히 짙어가는 아스팔트길에 헤드라이트를 켠 자동차들이 몇대 오간다. 도시와는 달리, 여유있고 다정한 풍경이다.

떠들고 싶은 만큼 떠들었는지 학생은 한동안 말없이 핸들을 조정하고 있다. 십여분쯤 더 가면 호텔에 닿을 것이다. 웬일인지 석진과의 일이 정희의 기억 속에 선명히 떠오른다. 어언 일년도 더 지나버린 데에 그녀는 새삼 세월의 빠름을 통감했다.

그때, 머리맡의 유리창을 소나기가 깨뜨릴 듯이 거세게 후려치며 흘러내리고 있었다. 그들은 여장을 풀 겨를도 없이 방에 들어서자 바로 샤워로 더위를 씻었다. 그리고…… 그의 농밀한 피부의 감각이 지금도 그녀의 감각에 감미롭게 저려온다. 그녀도 한껏 그를 사랑했다. 살아서 사랑하는 사람을 사랑할 수 있다는 것에 그녀는 살아 있는 육체의 환희를 느꼈다.

그리고 그녀는 담배에 불을 붙였다. 새벽 태양이 어두운 방 안을 신비로운 보랏빛으로 물들이는 속을 푸른 담배연기는 환상처럼 천천히 사라져갔다.

갑자기 고독감이 그녀의 전신에 춥도록 젖어드는 것을 어쩔 수 없었다.

"이 짧은 시간에 담배를 피워요?"
하며 석진은 그녀의 손가락에서 담배를 빼앗아 뭉개 껐다. 그리고 다시……

세월은 흘러갔다. 그때도 계획없이 훌쩍 떠난 여행이었다. 공항에 내리자 석진이 그녀의 어깨를 뒤에서 가볍게 쳤다. 놀라며 그녀는

"어디 가세요?"
했다. 그는 대답 없이 웃으며, 그녀의 작은 가방을 뺏어들고 성큼성큼 걸어서 택시를 잡고 그녀를 태웠다. 호텔에 도착하자

"어디 가느냐고요? 여기에 왔지요"

하며 그는 서슴지 않고 방을 정했다. 석진에의 동경과 망각이, 반복해온 흘러간 긴 시간이 마치 종착역에 다다른 것 같았다. 정희도 애초에 그를 만나기 위해서 온 것처럼 그를 따랐다.

석진은 건축일로 남양 일대를 돌려고 떠나려다 공항에서 인파 속의 그녀를 보고 무턱대고 미행했다면서, 다시 서울로 가서 국제선을 타야 한다며 식탁 위에 비행기표며 여권을 내보였다.

"가지 말라면 안 가겠어요."

그는 아침식사를 마치며 말했다. 가지 말라고 할 만큼 정희는 이미 젊지 않았다. 인생은 남녀간의 정사(情事)만이 전부가 아니다. 그가 그녀 곁에 더 머물러서 또 무엇 할 것인가? 그녀는 말없이 커피를 마시고 창문을 열었다. 염분 섞인 아침공기가 콧속에서 폐로 그리고 전신의 세포에 삼빡삼빡 스며 퍼졌다. 대기는 맛있을 만큼 상쾌했다.

'신선한 공기처럼 좋은 것은 없어요' 하려다가 그녀는 잠자코 대기만 마셨다.

그후 서너 달 동안 그는 그림엽서를 보냈다. 남양 지방의 열대 풍속이 천연색 사진에 가지가지로 찍혀 있었다. 매번 '안녕하십니까?'만이 그 편지 내용인 것이 인상적이었다. 정희의 남편을 의식해서 다른 사연을 피한 것이 아니라 언제나 앞뒤없이 요점만 말하는 그의 성격 때문이라고 해석하고는 정희는 웃었다.

정희는 더러 여행도 하고 그림에 몰두하는 동안 그를 까맣게 잊고 있었던 것이다.

창밖은 완전히 어두워졌다. 몇대의 차가 전속력을 내며 그들의 차를 앞질러갔다. 왼편 길가에 가로등이 켜졌다. 호텔도 멀지 않았다.

정희는 담뱃갑을 만지작거렸다. 그러나 담배에 불을 붙이지는 않았다. 까맣게 잊고 있던 석진이 기억에 되살아난 것이 새삼 기이했다. 그러고 보니 금년 초여름에도 잠깐 만난 일이 생각났다. K호텔에서 남편과 점심을 먹고 나오는 로비에서였다. 석진이 여러 사람들과 서서 얘기를 하고 있다가 그녀를 보자 달려와서 악수를 청했다.

"그림엽서 잘 받았어요."

정희가 먼저 말했다. 석진은 현관 쪽으로 걸어나가는 그녀의 남편에게는 눈도 돌리지 않고

"우리 서로 이혼하고 같이 삽시다. 역시 그것이 좋을 것 같아요. 이삼일 내로 유럽에 가는데, 결말이 나는 대로 연락을 드릴게요."

하고 그녀의 손을 으스러지도록 잡았다가 놓았다. 그의 일행 중에 외국인도 몇몇 있는 것으로 보아 일이 더 바빠진 듯했다.

그러나 결말이 나는 대로 연락한다는 뜻을 그녀는 이해하지 못했다. 결말이란 이혼을 말하는 것인지 사업의 그것을 말하는 것인지, 말과 행동이 거의 동시에 일어나는 석진을 아는 탓

인지, 정희는 순간 거센 바람이 몰려가는 듯함을 느끼면서 그의 건장한 뒷모습만 보고 있었다. 남편은 그가 누군가 묻지도 않았다. 남보기에 의심스러운 사이처럼 보이지도 않았겠으나, 그랬더라도 물어보지 않았을 것이다. 마치 정희가 남편의 두세 명의 정부에 대해 묻지 않는 것처럼.

언젠가는 "사랑하지도 않는 사람하고 왜 살아요?" 하며 젊은 여자가 당돌하게 전화를 걸어오기도 했으나, 정희는 전화에 대꾸도 하지 않았고, 남편에게 전화가 왔었다는 말조차 하지 않았다. 철없을 때는 연애에 열중하고 있으면, 온 세계에서 사랑을 하는 것은 저희 둘뿐인 줄 알기 쉽다. 더구나 저희의 사랑만이 기막힌 사건이며, 가장 열렬하며 가장 순수하며 가장 진실된 걸로 착각한다. 타인은 연애할 자격도 미도 매력도 없는 줄 알기가 일쑤다. 그러나 사람이 있는 곳이면 어디나 그 연애극이 있는 것을 어찌하랴. 사람에게뿐일까, 동물에게도 있는 데야……

정희도 남편을 사랑해서 결혼했다. 그러나 그 사랑이 그렇게도 쉽게 변질되리라고는 상상조차 못한 일이었다. 건반을 치면 소리가 나고 치지 않으면 나지 않는 것처럼 그녀의 사랑은 남편의 심리를 민감하게 반영했다. 그가 사랑했을 때 그녀도 사랑했고 그가 멀어졌을 때 그녀도 멀어졌다.

결혼 초기에는 두 평짜리 셋방에서 애써 그린 그림을 연탄 몇장 값으로 바꾸기도 했다. 가난 때문에 임신중절한 것이 나

144

빴는지 그녀는 그후 한번도 임신을 못했다. 남편의 사업이 성공하고 그녀의 그림도 나날이 값이 올라서 생활이 윤택해지자, 평소 왕래도 없던 친척이라는 사람들이 끝없이 돈을 요구해왔고 더러는 그들의 여유있는 생활을 적개시하고 시가 친척들은 대화에 참여하지 않는 정희를 거만하다고 말썽도 부렸다. 그녀는 흥분해서 자신의 정당성을 주장도 하고, 그들이 알아듣도록 변명도 했다. 차차 그녀는 침묵하게 되었다. 역겨운 사람들에게서 초월해버렸는지 진실로 거만해졌는지 이제는 미운 사람조차 없다.

지금은 아름다운 저택에서 정원사와 요리사와 가정부를 둔 그녀는 그림과 독서와 향내를 즐기며 살고 있다. 꽃향기는 방문을 닫아두어야 비로소 가득 퍼지니까 번거로웠다. 그녀는 향로에 피우는 향이 손쉬워 좋아했다. 침향(沈香) 사향(麝香) 정향(丁香) 인도나 중국향 혹은 동유럽에서 난다는 잣나무향 등 피워보아서 좋았던 것을 되풀이 피웠다. 때로 커피를 끓여서 집 전체에 냄새를 가득 차게도 했다.

향수나, 피우는 향에는 상쾌한 냄새, 감미로우며 신선한 냄새, 칼칼한 것, 도색적인 것, 구수한 것 등 여러가지이다. 그녀는 기분에 따라 그때그때 다른 것을 썼다. 향수는 비싸지만 서너 방울을 머플러나 옷깃이나 귓밥에 뿌리면 하루는 지속된다. 좋아하는 향수를 물에 뿌려서 목욕을 하며, 온갖 신경의 혹은 근육의 피로를 푸는 것도 빼놓지 않는 일과가 되어 있다.

향수와 함께 살 수 있는 생활은 돈이 없이는 어려울 것이었다. 가난한 생활이 다시 온다면 향수 없이도 그녀는 역시 너끈히 살아갈 것이다. 이미 겪어본 부도, 가난도 그녀는 부럽지도 두렵지도 않기 때문이다.

그녀의 몸이 젊다고 등을 밀어줄 때마다 탄성을 내는 가정부가 며칠 전에 그녀의 머리에 흰머리털이 하나 있다며 지금 겨우 하나냐며 자기는 반백이며 얼굴에는 주름투성이라고 수선을 피웠다.

"그게 그거요. 누가 좀 먼저 늙었느냐는 것뿐이지. 조만간 다 같이 돼요."

동갑인 가정부에게 그녀는 그렇게 말했다.

젊음이며 사랑이 오고 가더라도, 돈이며 명성이 오고 또 가더라도, 그녀를 겉도는 그 허상들을 그녀는 다정하게 바라볼 수 있을 것 같았다. 어느 사이엔가 올 것은 오고 갈 것은 가라는 생각이 유수(流水)처럼 가슴에 자리잡기 시작한 것이다. 인생이라는 짐이 너무 무거웠던 탓일까?

차가 경사진 밤길을 돌며 올라갔다. 오른쪽 절벽 밑으로 바다가 보인다. 이내 산호 호텔 현관에 도착했다. 차 문을 열기도 전에 서너 명이 기다리고 있었는지 뛰어나왔다.

"왔어?"

학생의 친구 같은 티셔츠의, 역시 학생 같은 청년이 물었다. 온다던 그의 애인을 물어보는 것이다. 청년은 어깨를 으쓱하

며 "아니" 했다. 세 학생이 흘깃흘깃 정희를 관찰했다. 정희는
오천원을 꺼내서 학생의 손에 살며시 건넸다. 택시비라면, 천
오백원 안팎이었을 것이다. 길에서 난처했던 것을 생각하니
그만한 인사는 하고 싶었다.

"선생님두!"

학생은 펄쩍 뛰었다.

"그러면 저녁식사 대접하겠어요."

"네, 감사합니다."

"일곱시 반에 메인 그릴이 어떨까요?"

"좋습니다."

정희는 방에 들어가자 남쪽 창가로 갔다.

학생이 설명한 대로 절벽 바로 밑에 바다가 있는 것이 아니
라, 호텔 건물이 높아서 찻길이 조금만 보이기 때문에 바다가
바로 아래인 것처럼 보였다. 달빛을 받은 파도가 소리없이 절
벽에 부딪히고는 깨어지며 물러가곤 한다. 동쪽 창 멀리 보이
는 바다에서는 고기잡이배인지 네댓 개의 불빛이 달빛 아래
가물가물한다. 한없이 고요하다.

저녁 약속시간까지 한 시간 남아 있다. 정희는 욕조에 들어
가서 천천히 피로를 씻을 마음의 여유가 나지 않는다. 얼굴과
손만 씻고는 쏘파에 길게 앉았다. 조금 피로하다. 달콤하고 상
쾌한 향수 냄새가 옷깃에서 은은히 전해온다. 동쪽 유리창에 보
름달이 덩그렇게 떴다. 아무것도 생각하고 싶지 않은데, 그 작

품은 팔지 말아야 했을 것을…… 하고 머릿속에 생각이 스며든다. 팔린 그림들이 어디에 어느 모양으로 걸려 있는지, 어느 더러운 창고 구석에 포장된 채 팽개쳐져 있는지, 배경 좋은 데 걸어놓고 누가 감상을 하는지, 한번 팔리고 나면 잃어버린 것과 한가지다. 어느 작품이건 다 애착이 간다. 생각하면 아쉽다. 고가로 잘 팔리는 데에만 급급해서 제 육신을 잘라버리는 것 같은 고독을 미처 느끼지 못한 것이 스스로 부끄러워진다. 그러나…… 그녀는 담배에 불을 붙였다. 떠난 것은 떠난 것이다.

팔리지 않으면 생활이 안되니까 팔려야만 하고, 팔고 나면 아쉬운 것이 화가의 운명이 아닌가. 다만 다른 화가보다 잘 팔리는 것을 한때라도 자랑으로 여긴 그 어리석은 교만이 부끄럽다. 가슴이 아프도록 부끄럽다.

"사랑하지도 않으면서 왜 살아요. 사장님은 나를 사랑한단 말이에요" 하던 오만에 찬 당돌한 여자의 전화 목소리가 문득 귀에 되살아난다. 저희 연애가 무엇이 대단해서 남에게 알리고 싶은지. 그런 철부지 여자를 상대로 하는 남편이 불쾌해진다. 연애를 하려면 그런 여자는 피했어야 할 것이 아닌가. 정말 연애라면 자랑일 수 없다. 그것도 남편의 불행이라면 불행이다.

남편에게 정부가 없다 하더라도 그들은 이미 옛날과 같은 애인들은 아니었다. 사랑하지는 않으나 미워하지도 않았다. 그들은 사이좋은 친구 같았다. 서로가 가끔 따로따로 집을 비왔다. 남편은 출장, 정희는 여행으로. 어느 쪽도 어디 가는가를 캐묻지 않았다. '조심하세요. 언제 오세요. 조심해. 언제 오지'가 작별인사였다. 그들 사이에 불쾌한 언동은 한번도 없었다. 정희는 그 상태로 좋다고 생각한다. 피차 가고 싶으면 가고, 있고 싶으면 있을 뿐이다.

그녀는 쏘파에서 일어나 흰 블라우스에 까만 슈트를 입었다. 너무 무거운 감이 들까봐, 화려한 꽃무늬의 오렌지빛 머플러를 목에 둘렀다. 거기에 향수를 뿌렸다. 그녀는 숨을 크게 쉬어 향내를 마셨다. 신선하고 세련된 냄새가 한없이 좋다.

메인 그릴에 들어서자 그녀는 주춤 섰다. 손님이 꽉차 있어서다. 장내를 둘러보는데 창가에서 운전하던 학생이 일어서며 손을 흔들었다. 그들 일행 넷이 한 테이블에 앉아 있었다. 비워둔 자리에 앉으니까 둥그런 달이 정면으로 보인다. 손님들 중에는 등산복 차림이 많았다. 미스터 윤, 미스터 서, 미스터 박 하고 학생이 친구들을 소개했다. 그리고 저는 미스터 김입니다, 한다. 미스터 서가 그 중노동도 한다는 호텔 주인의 아들인 성싶었다. 웨이터들이 특히 정중히 대하며, 깨끗한 피부에 단정한 용모와는 달리 손등이 거칠어서이다. 아니나다를까 미스터 김이 미스터 서를 가리키면서

"선생님, 이 사람이에요, 전람회며 음악회에 데리고 다니는……"

하고 웃는다.

미스터 박이

"성구는 막내라 아직도 애예요."

하며 미스터 김을 놀린다.

모두 봄이면 졸업이고 졸업하면 입대한다느니, 대학원 시험을 쳐놓고 입대할까 취직할까 유학갈까 하며 즐겁게 애기를 하는데 미스터 서만은 말없이 듣고 있다. 그는 유달리 신중한 표정이다.

스무서너살 때…… 참 좋은 때다 하고 정희는 생각했다.

이십여년 전 그녀의 그 시절이 문득 생각났다. 미움도, 모욕도, 시기도, 배신도, 허세도, 불쾌도 모르던 그때의 청결한 감정이 차라리 눈부시다. 지금도 그녀의 감정은 청결하다. 그러나 침전물이 너무도 많다. 그 무거운 침전물들이 그녀의 인간을 다듬는지는 모르나.

식사가 끝나자 미스터 김이 나이트클럽에 가서 가볍게 한잔하자고 제의했다. 그녀를 위해서라고 하는데다가, 식사대가 완전 무료라 하니 술값이라도 내볼까 하고 따라 올라갔다. 나이트클럽 역시 만원이었다. 창가에 앉아야 바다도 달도 본다고 미스터 김이 애를 썼으나 창가에는 빈자리가 없었다. 카운터에 겨우 의자 다섯을 만들어서 앉았다. 음악이 나오는데도 그들 일행은 아무도 춤을 추지 않았다. 가족동반인 듯한 몇몇 일행이 고고를 추고 있다. 대개는 모두 담소하고 술만 마시고 있다.

음악이 바뀌는데 정희는 등뒤에 사람의 기척을 느꼈다. 석진이었다. 뜻밖의 우연이나 그녀는 왠지 놀라지 않았다.

블루스를 추면서 석진은

"이런 우연이 있을 수 있어요? 정희!"

그의 힘센 포옹 속에서 그녀는 전라로 안긴 것 같다. 그동안 여러가지 일이 많았는데, 이 주일 내로 이혼수속이 끝날 것이라 했다.

"이혼하고 당당히 만나려고 했지."

그의 전신에 반가움이 활짝 피었다가 이내 욕정이 감도는 것 같다. 그는 동료들과 함께 왔다면서 내일 새벽에 떠나야 한다고 한다. 일행 모두가 일본으로 떠나기 때문이라 했다.

"내 방은 229호실예요. 정희는? 혼자? 열한시까지 와주어요. 229호실예요. 응 응?"

정희는 학생들과 승강기에서 헤어졌다.

방에 들어서니까 전화가 울리고 있었다. 석진의 전화 같아서 그녀는 받지 않았다. 그녀는 방의 전등을 모두 껐다. 욕실의 전등도 껐다. 욕실 창으로 달빛이 조용히 흘러들어왔다. 그녀는 욕조에 물을 받고 향수를 뿌렸다. 향내 섞인 수증기가 욕실에 서서히 퍼져갔다. 그녀는 욕조에 들어가서 비스듬히 누웠다. 따뜻한 물과 증기와 향기 속에 전신의 살이 향긋하게 녹는다. 달빛에 비친 수증기가 환상처럼 향기를 품은 채 뭉게뭉게 피어 퍼진다. 모세혈관 구석구석까지 신선한 향기가 감도는 것 같다. 잠시 그녀는 아무 생각도 없이 아련한 행복감에

빠졌다.

　방문을 두드리는 소리가 났다. 그녀는 숨을 죽이고 물소리도 내지 않았다. 조금 뒤에 전화가 다시 울렸다…… 잠잠하다. 그리고 어디에서도 아무 소리도 없다.

　이혼을 하고 당당히 그녀 앞에 나타나겠다는 석진이 한결 그립다. 그러나 그의 이혼은 싫다. 그의 아이들이 몇살들이며 몇인지는 몰라도, 그들이 다 부모의 이혼을 좋아하는지, 그의 처는 또 이혼을 좋아하는지 싫어하는지? 그들이 싫어하건 좋아하건 간에 그들의 이혼은 복잡하다. 그것이 그녀 때문이라면…… 그녀는 고개를 저었다. 인생에 있어서 연애란 결코 비중이 큰 것이 못 된다.

　무엇보다도 비록 남편과 이혼을 하더라도 그녀는 다시 결혼할 생각은 없었다. 그녀는 사람과의 가까운 인연에 이제 그만 염증이 나 있었다.

　돌이켜보니 그녀는 무엇에나 참으로 열심히 살아왔다. 그 반동인지 사랑에, 예술에, 인생 자체에 회의가 싹트기 시작했다. 더 참된 무엇이 있지 않을까? 당분간 그녀의 생각은 방황할 것 같다. 어쩌면 죽을 때까지 방황하다 말지도 모른다.

　정희는 욕실에서 나와 방으로 갔다.

　열두시가 넘었다. 그녀는 쏘파에 앉아서 담배에 불을 붙였다. 석진에게 가지 않길 잘했다고 그녀는 생각한다.

　거기에 무엇이 있을 것인가? 작년 여름의 그 작열하던 장면의 되풀이뿐이다. 애욕이라는 것, 그것도 순간뿐이다. 외롭기는 매한가지다.

남쪽 창에 달빛이 시리도록 밝다.

얼마를 잤는지, 그녀는 술렁거리는 소리에 잠이 깨었다. 귀를 기울이니까 아래 현관 쪽에서 여러 사람의 목소리가 자동차 엔진소리에 섞여 들려온다. 네시 반. 정희가 창가로 가보니 자가용 두 대에 남자들이 가득 분승하고 막 떠나고 있다. 현관 안팎에서 작별인사 소리가 시끄럽다. 일찍 떠나야 한다던 석진의 일행인 것 같았다.

전화벨이 울렸다.

"선생님, 안녕히 주무셨습니까? 방에 불이 켜졌길래, 이제 일어나셨나 하고…… 저, 서기영입니다. 엊저녁 소개받은."

"네, 안녕히 주무셨어요?"

밤새며 프런트를 보고 있었는가?

"손님이 편지를 바로 전해달라고 하셨는데, 지금 드릴까요? 저희는 일찍 등산 가기 때문에."

"네, 그러세요. 감사합니다."

그녀는 전화를 끊고 잠옷 위에 가운을 단정히 걸쳤다.

미스터 서가 카트에 커피를 가지고 왔다. 커피포트며 찻잔이 아름답다. 미스터 서는 잠을 못 잤는지 안색이 나쁘다.

"이런 써비스까지? 감사합니다."

미스터 서가 호주머니에서 흰 봉투를 꺼냈다. 봉투는 단단히 봉해져 있다.

"떠나시면서 급하다고 하셨습니다."

급할 게 무얼까 생각하며 정희는 바로 봉투를 뜯었다. 석진이 급히 적고 있었다. '무정한 사람아, 서울서 만납시다.' 미스터 서가 카트를 방 안까지 밀고 들어왔다.

"커피 드시겠어요?"

하고 정희가 포트를 들었다.

"아니요."

미스터 서는 조용한 눈빛으로 그녀를 바라보았다. 잠시 멈칫거리다가

"선생님은 참 멋있어요."

했다.

"고마워요."

하며 그녀는 방문을 살며시 닫았다.

그녀는 창가에 섰다. 바다의 표면이 달빛을 받아 금가루를 뿌린 것처럼 반짝이고 있다. 그 밑은 수심을 알 수 없는 검고 무서운 바다다. 파도가 소리없이 절벽에 부딪히고는 물러가고, 또 부딪히고는 물러간다.

정희는 한참 동안 그 두렵고도 아름다운 파도에 넋을 잃었다. 그 속에 훌쩍 빠지고 싶은 충동이 파도처럼 그녀의 가슴을 휩쓸고는 가고, 휩쓸고는 또 물러간다. 이윽고 그녀는 생각난 듯이 석진의 편지를 조금씩조금씩 찢었다.

신과의
약속

간호사가 체온계를 들여다보며 고개를 끈다. 영희의 가슴이 뜨끔해졌다. 그녀는 얼른

"몇도지요?"

했다.

"삼십팔도 사부예요."

간호사는 다시 고개를 갸우뚱하며 병실을 나갔다. 한 시간 전까지도 사십도였는데 상당히 내렸구나 싶어 영희는 경옥의 조그만 이마를 짚어보았다. 여전히 뜨겁다. 얼굴빛이며 입술도 흙빛 그대로다. 석연치 않으나 '체온계가 손보다는 정확할 테지' 생각하며

"경옥아!"

하고 불렀다. 경옥은 긴 속눈썹을 가지런히 내려감은 채 대꾸가 없다. 새벽 네시쯤 갑자기 삼십팔도 팔부의 열이 나더니 오후 네시가 지난 지금까지 계속 고열이다. 열한시에 입원한 뒤로는 줄곧 눈을 뜨지 않는다. 잠든 것인지 인사불성인지 알수가 없다. 의사는 식중독이라고 하며 입원실을 나가고, 그후는 간호사가 약만 주고 시간에 맞추어 와서 열만 재간다. 환자가 계속 밀리는 병원이니 의사가 줄곧 달려 있을 수도 없을 것이다.

아침밥도 두어 번 뜨다 말고 점심때도 지나고 저녁 먹을 시간이 되는데 영희는 시장기를 모르겠다. 대여섯 시간 줄곧 서 있는데도 다리가 아픈지 몰랐다.

삼십팔도 사부라는 말에 조금 숨이 가신 영희는 순복더러 간식으로 들어온 사과를 먹으라고 했다. 순복도 긴장해서인지 점심도 조금밖에 안 먹었는데 먹기 싫다고 한다. 영희는

"먹어라. 그리고 너 잠자거라. 오늘밤 교대해서 새워야 하니까, 응?"

하고 타일렀다. 순복은 그제야 사과는 먹지 않고 쏘파에 다리를 펴고 눕는다. 영희는 링거액이 일분에 열다섯 방울 이상 떨어지지 않도록 시계를 보며 약방울을 속으로 세었다. 어린아이라 링거가 빨리 들어가면 부작용으로 심장마비를 일으킬지 모르니까 방심할 수 없다. 링거의 약방울을 너무 응시해선지 그녀는 눈동자가 아프다.

경옥이 갑자기 눈을 뜨고 머리맡 테이블에 있는 사과를 본다.

"경옥아, 선생님이 물도 먹지 말랬어. 먹고 싶어도 꾹 참자."

하며 영희는 테이블을 몸으로 가리고 섰다. 경옥은 아무 말도 없이 눈을 더 위로 치뜬다.

"위 보지 말어, 골치아프다."

경옥의 눈동자는 점점 더 위로 넘어가며 고개가 뒤로 젖혀진다. 이상했다. 낯빛이 흙빛에서 검은 청동색으로 변해간다.

"경옥아, 왜 이러니. 순복아, 어서 선생님 불러."

순복이 후닥닥 뛰어나갔다. 경옥의 검은 동자는 없어지고 젖혀진 얼굴은 시꺼메졌다.

"경옥아, 경옥아!"

영희는 경옥의 조그만 몸을 안고 몸부림쳤다. 여의사와 간호사 댓 명이 바쁜 걸음으로 병실에 왔다.

"조용히 하세요."

여의사의 첫마디다.

"왜 이러는 거예요?"

영희는 경옥을 안은 채 놓으려 하지 않았다. 놓으면 경옥이 죽을 것만 같았다.

여의사는 냉랭하게

"나가 계세요. 어머니가 아이를 고치실 거예요?"

했다.

그 말이 영희의 가슴을 콱 찌른다. '옳아요. 내가 무슨 재주

로 고치겠어요.'

간호사가 세 명 더 오고, 산소호흡기와 썩션(suction)이 들어와서 병실이 좁아졌다. 여의사가 거즈를 감은 막대기를 경옥의 입에 물렸다. 혀를 깨물까 해서 그러는가보다.

"경옥아!"

영희는 간호사 뒤에서 소리를 쳤다. 침대를 간호사들이 빙 둘러서 있기 때문에 경옥이 잘 보이지 않는다. 영희는 복도로 나가 머리맡 창문에 섰다. 간호사들이 경옥에게 알코올 목욕을 시키고 있다. 여의사가 맥을 짚어보고 가슴에 청진기를 댄다. 링거의 주삿바늘이 빠져 있다. 한 간호사가 경옥의 어깨에 피하주사를 놓는다. 강심제인지? 경옥은 바늘이 꽂히는데도 아픔을 느끼지 못하는지 반응이 없다.

"하느님! 하느님!"

영희의 두 손은 어느 사이엔가 가슴께에서 합장했다가 또 이마에서 맞붙잡아졌다.

"예수여! 아니, 성모 마리아!"

종교가 없는 영희는 신 중에 어떤 신을 찾아야 할지 잠시 갈팡질팡한다. 그리고 평소 신은 필요없다고 생각하던 터에 다급하니까 신을 찾는 자신이 부끄럽다.

'그러나 이런 경우에, 아니 이 경우 외에 또 언제 신을 찾을 일이 있을까?'

그녀는 스스로 변명했다. 무조건 신을 믿을 수 없는 그녀는

"신이여, 내 딸을 살려주신다면 믿겠습니다. 약속하지요. 경옥을 살려주세요. 한번 그 효험을 보여주어보세요. 그러면 당신이 하는 일이 아무리 불공평해도 당신만이 옳고 당신이 하는 짓은 모두 진리라고 복종하겠어요. 한번 당신의 존재를 보여주어보세요."

말하고 나니 너무 건방진 것 같아

'저를 용서하시고 제 딸을 살려주세요.'
하고 미간을 모으고 그 위에 두 손을 맞잡고 진지하게 속으로 말했다.

간호사들의 어깨 너머로 썩션에서 고무관이 경옥의 조그만 입 속으로 들어가는 것이 보인다. 가래가 기관을 막는 것을 방지하는 모양. 가래가 목까지 차면 죽는 것이라 들었다.

'신이여, 당신이 그렇게도 무력합니까?'

영희는 땅을 구르며 소리치고 울고 싶은데 눈에는 물기 하나 없고 눈 속은 깡 말라 아프다.

"순복아, 과장선생님 어서 오시라 하고, 회사에 전화해서 전무님 빨리 오시도록 해라."

말하며 그녀는 현기증을 느꼈다. 운규를 부르는 것은 경옥의 최후를 생각하기 때문이다. 마지막은 가장 사랑하는 아빠와 엄마 품에서…… 하고 생각하니 뒤틀리며 아프던 가슴이 감각을 잃고 다만 눈앞이 빙빙 돌며 어지럽다. 이것이 체념하는 과정인지? 여의사와 간호사만으로는 마음이 놓이지 않아

160

소아과 과장을 청했다. 한 간호사가 혈압을 재는 것이 보인다. 젖혀졌던 경옥의 고개가 어느 사이엔가 제자리에 와 있다.

'이제 틀린 건가?'

죽음이 가까워지면 사지를 뻗는다고 들었다.

"경옥아, 경옥아!"

영희는 병실로 들어가며 소리쳤다. 그 목소리가 몇갈래로 찢어진다.

"조용히 하세요!"

여의사가 다시 주의시킨다.

'그렇지, 내가 소리친다고 경옥이 살아날 리는 없지.'

과장은 오지 않고, 부르러 간 순복도 오지 않는다. 그녀는 스스로 과장을 데려오고 싶으나 그동안에라도 경옥에게 마지막 순간이 올까 해서 자리를 뜨지 못하고 있다. 여의사는 청진기로 연방 경옥의 심장을 짚어보고 간호사들은 알코올솜으로 경옥의 몸을 적시고 있다. 경옥의 낯빛은 여전히 검은 청동빛이다. 갑자기 영희는 병실을 뛰어나가 일층에 있는 소아과 진찰실까지 달려갔다.

"우리 애기 큰일났어요!"

그녀는 숨이 차서 허덕이며 소리쳤다. 소아과 과장은 청진기로 댓살 되어 보이는 사내아이를 진찰하고 있다가 한마디도 없이 일어나서 뛴다. 그 뒤를 달음질치며,

"아까부터 선생님 여쭈었는데 왜 안 오셨어요. 도대체 식중

독으로……"

하다 영희는 말을 잇지 못했다. 사위스러운 말을 해서 무엇인가 더칠까 해서다. 절망은 하나 혹시나 하는 바람 때문에 죽음이라는 말을 입에 담기를 삼갔다.

과장은 병실에 들어서자 플래시로 경옥의 동공을 비쳤다. 반응이 없다.

'이미 틀렸나? 죽은 후도 십분 이내면 살릴 수 있다던데 이것은 남의 나라 얘기인가?'

'살려주세요!'

영희는 속으로 의사에게 부탁하다가 또 신을 찾다가 한다.

의사도 신도 경옥을 살리지 못한다면 그녀는 무엇에게 매달려야 할지 몰랐다. 인간 이상의 것이 신이라면 신보다 더 큰 존재는 없는지……

섭씨 삼십이도, 삼층이나 바람 한점 없어서 병실마다 문을 열어놓고 있다. 옆 병실에서 환자와 보호자가 서넛이 모여 왔다. 부인과와 소아과 전문병원이라 모두가 자식을 가진 사람들이어선지 근심스런 얼굴들이다. 그들 사이에 끼여서 영희는 경옥을 지켜보았다. 실오라기 하나 걸치지 않은 경옥이 애처롭다. 간호사들이 계속 알코올 목욕을 시키고 있다. 남쪽 창에서 갑자기 바람이 불어온다.

'감기 안 들까…… 하긴 의사가 오죽 잘 알라구……'

경옥의 입에 물린 막대기가 자꾸만 빠져나온다. 그것을 간호사가 고쳐넣고 있다. 동그란 경옥의 얼굴은 검게 질렸던 것이 흙빛으로 변해 있다. 좋은 징조인지 더 나쁜 징조인지 영희는 조바심이 나서 병실로 들어갔다.

"선생님, 어떻게 되는 거예요?"

"염려 마십시오. 어머니는 나가 계세요."

나아졌다는 말은 없다. 영희의 안타까움이 경옥을 회복시키는 데 방해가 된다는 듯한 말투다. 확실히 사랑은 무력했다. 속수무책으로 울고 탄식할 뿐이다. 간호사가 경옥의 두 팔에 주사를 놓는다. 과장은 플래시로 경옥의 눈동자를 비춘다. 반응은 없다. 영희의 맥이 확 풀린다.

'신이여, 당신도 나만치 무력하십니다. 정말 의미의 신이라면 이런 때 힘을 보여주십시오.'

그녀는 침착하게 가슴속에서 말했다.

'경옥아, 가엾어라. 너를 낳지 말 것을. 사년 팔개월을 살고 갈 세상에 무엇 하러 태어났니. 너를 낳고 엄마하고 아빠는 얼마나 좋아했는지. 그 환희를 주느라고 태어나서 지금 이 슬픔을 주며 너는 가는 것이냐? 경옥이, 너, 아가, 너는 갓 나와서 이틀 만에 엄마 젖을 먹는데 입을 크게 벌리지 못해서 빨지 못하고 한참 동안은 흐르는 젖만 먹었지. 엎드리고 기고 서서 짝짜꿍이며 재롱부리며, 네가 말 한마디만 하면 온집안에 웃음이 퍼졌었다. 예쁜 세살이 지나 팬티에 가끔 오줌을 누면 엄마가 종아리를 때려주었지. 미안해라. 대체 네 귀여운 몸 어디에

매를 댈 데가 있다구. 그 짧은 세상을 살게 하느라고 엄마가 너를 태어나게 했구나.'

흡사 구슬픈 영창(詠唱)처럼 영희의 가슴에서 소리없이 말이 흘러나왔다. 체념해가는 과정인지 그녀는 침착해졌다.

빠져 있던 링거를 다시 꽂으려고 여의사가 경옥의 정맥을 여기저기 찾고 있다. 정맥이 보이지 않는 모양이다. 과장이 주삿바늘을 받아서 찾으나 역시 찾지 못한다. 팔에 두른 고무줄을 당겨보다가, 손바닥으로 경옥의 팔을 탁탁 쳐보았다 하며 애를 쓴다. 팔, 손등, 발등까지 수없이 바늘을 넣었다가는 도로 뺀다. 아픔을 느끼지 못하는지 경옥은 반응이 없다. 과장이 당황하는 것 같다. 정맥이 왜 없어졌는지?

영희는 다시 병실로 들어가 의사 뒤에서

"어떻게 되는 거지요? 왜 바늘을 찌르지 못하세요?"

했다. 그녀의 음성은 낮고 정확해졌다. 의사는 아무 대꾸도 없이 정맥만 찾고 있다.

'이제 끝인가? 이렇게 다급한데 그이는 왜 안 올까? 전화하러 간 순복은 또 무엇 하느라고 아직도 안 오나?'

영희의 심장에 다시금 뒤틀리듯 통증이 일어난다. 드디어 과장이 경옥의 팔 정맥에 주삿바늘을 꽂았다. 그의 이마 가득히 땀이 방울처럼 송송 맺혔다. 링거액이 한방울씩 떨어진다.

'심장은 뛰는구나!'

영희는 한숨을 쉬었다. 과장은 플래시로 경옥의 눈동자를 연방 비쳐본다. 전혀 반응이 없던 동자가 조금 움직이는 것 같다. 착각인지? 영희의 가슴이 반가워서 뛰었다.

"움직인 건가요?"

"네."

과장은 대답하나 이제 괜찮다고 시원한 말을 하지 않는다. 촛불이 꺼지기 직전에 한번 반짝 빛나듯이 경옥의 증상이 갑자기 악화되는 것은 아닌가 하고 영희의 가슴이 조인다.

"하느님……"

심부름 갔던 순복이 허덕거리며 병실로 들어왔다.

"전무님은 자리에 안 계시다 해서 오시는 대로 연락해달라고 했어요."

영희의 뒤에서 그녀는 늦은 이유를 혼자서 계속했다. 공중전화는 사람이 늘어서 있고, 간호사 카운터에 있는 것은 통화중이고, 사무실 전화는 외인 사용금지였다고 한다.

'그이는 좋겠어. 이렇게 가슴아픈 것도 모르고…… 어느 다방에 앉아 있는지. 어떤 여자며 남자 친구들하고 즐겁게 웃고 있을지도 몰라. 아니, 누군가하고 상담을 하고 있을까.'

영희는 운규가 병원에 전화 한번 하지 않고, 회사에서 자리를 뜨는데도 연락처도 알려두지 않을 만큼 태평으로 있는 것이 한편 서운하나 한편 다행이라 여겨지기도 한다. 아이들이 자주 병원에 가니까 오늘도 다른 때와 같으려니 하고 그는 무심할 것이다. 그렇게 생각은 하나 역시 서운한 기분은 얼른 가시지 않는다.

언젠가 아이들이 앓아서 밤을 거의 새다시피 하던 날 곤히 자고 난 남편에게

"당신은 참 좋겠어요. 아이가 아프니 아나, 아이를 낳으니 그 고통을 아나……"

하니까,

"당신이 없으면 내가 다 해."

하고 서슴지 않고 운규는 대답했다. 여자는 육아며 살림살이를 해야 하고, 그러니까 남편은 밖의 일에 열중할 수 있게 마련이고, 그렇게 해서 한 가정이 이루어지는 것이리라.

과장이 플래시로 경옥의 눈을 비쳤다. 이번에는 확실히 검은 동자가 두어 번 움직였다.

"경옥이, 내 예쁜 애기야!"

그녀는 눈시울이 뜨거워졌다. 동자가 움직이는 경옥이 고마웠다. 고비는 넘긴 것 같았다.

"이제 괜찮을까요?"

"네, 고열이 나면 경기하는 수가 있지요."

그의 음성에 자신이 있다. 간호사들이 나갔다. 과장이 경옥의 겨드랑이에서 체온계를 꺼내들었다.

"삼십구돕니다. 많이 내렸습니다."

"아까는 삼십팔도 사부라고 했어요."

"간호사가 안심시키느라고 바른대로 말하지 않을 수도 있습

니다."

과장은 비로소 수건으로 이마 가득히 난 땀을 닦는다. 긴장
해서 땀이 나는 것을 이제야 안 모양이다.

"삼십팔도 오부가 될 때까지 알코올 목욕을 계속하십시오."

그는 말하며 경옥의 맥을 짚고 다시 가슴에 청진기를 대본
다. 영희는 알코올과 물을 섞은 것에 거즈를 담갔다가 발가벗
은 경옥의 몸을 고루 적셔주었다. 그 물이 증발하며 몸에서 열
을 빼앗는 것이다.

"귀여운 이마, 귀여운 손, 귀여운 어깨…… 엄마가 이렇게
사랑하는데 왜 앓니? 앓지 마라. 내 아가……"

과장은 다시 경옥의 눈등을 올리고 플래시로 동자를 비쳤
다. 동자가 움직이는 것이 회복되는 조짐인가보다. 경옥의 눈
언저리는 부신 듯이 수축하고 동자는 좌우로 움직였다.

"이제 됐네!"

운규의 말소리에 영희는 깜짝 놀라 뒤돌아보았다. 언제 왔
는지 운규가 뒤에 서 있다. 얼굴이 벌건 것이 더운 탓도 있겠
으나, 연락을 받고 긴장한 것 같다.

"경기를 또 할지 모르니까 이상이 있으면 연락하십시오."

과장이 말하고 나간다. 여섯시다. 그의 퇴근시간이다.

"감사합니다."

영희가 그의 등뒤에서 말했다. 여지껏 '감사'라는 말은 수
없이 해왔으나, 지금처럼 진심으로 말해보기는 처음인 것 같

다. 영희는 비로소 운규를 향해 앉았다. 운규를 붙들고 울고 싶었다. 그러나 다만

"큰일날 뻔했어요."

했다. 운규는 잠자코 경옥을 지켜보며

"음"

한다. 한참 후에

"경옥아."

하고 불렀다. 경옥의 손을 잡으며

"아빠다."

한다. 멍하게 떴던 경옥의 눈은 도로 감긴다. 의식이 완전히 돌아오지 않은 모양이다. 의자에 앉으며 운규는

"왜 그렇게 되었지?"

한다.

"식중독이래요."

"무얼 먹었는데?"

"늘 먹는 것 먹었다는데…… 복숭아하고 수박을 먹은 것이 나빴는지요."

영희는 어저께 낮에 문학 쎄미나에 참석했다가 동료들과 함께 식사를 한 것이 후회스럽기 한없다. 집에 와서 아이들 먹는 것을 감독했다면 중독되지 않았을지도 모른다고 아까부터 되풀이 가책을 느끼고 있었다. 식중독은 아무래도 음식에 불결한 것이 있기 때문이다. 육감이 가르쳤는지 식사하기 전에 집

에 전화를 해서 아이들 잘 노는지 묻고 음식 먹기 전에 손 깨
끗이 씻기라고 몇번이나 되풀이 당부했다. 세계적인 문학의
동향이라든가 국내 문학의 그것 같은 것이 조금도 그녀의 창
작에 영향을 주지 못하는 것을 뻔히 알며, 쎄미나 같은 일에
참석하는 것은 그녀에게는 외부 공기를 쏘이려는 데 불과했
다. 외부 공기…… 쎄미나 따위는 거절해야 했다. 기진해 있는
경옥의 조그만 얼굴을 보며 후회가 가슴을 에는 것을 영희는
잠자코 견뎠다.

"꼭 무엇을 먹어서가 아니라 재수 나쁘면 그럴 수도 있지."

운규는 영희의 마음을 모르고 하는 말이겠으나 그녀에게는
위안이 된다.

간호사가 와서 체온계를 재어보고

"삼십팔도 팔부입니다."

한다. 몇시간 만에 경옥의 얼굴에 붉은빛이 돈다.

"경옥아."

영희가 부르니까 경옥은 눈을 반짝 뜬다.

"엄마 알겠니?"

경옥이 고개를 끄덕인다.

"아빠 보이니?"

경옥은 고개를 끄덕이며 눈을 감는다.

"이제 됐어."

운규가 의자에서 일어나 경옥의 뺨을 어루만졌다.

"회사에 가보아야지."

그는 일단 회사에 들렀다가 퇴근해야 한다. 순복에게 링거를 잘 지켜보도록 이르고 영희는 운규를 이층까지 배웅했다.

"기준이하고 정옥, 잘 보아주세요."

영희는 네살과 두살 된 아우들을 부탁했다.

간호사 카운터 앞을 지나다가 그녀는 집에 전화를 걸었다.

"아줌마요? 아이들 잘 놀아요? 자기 전에 미지근한 물로 씻기고 땀띠분 잘 발라주세요."

그녀는 모기약을 뿌리면 환기를 충분히 하고 문을 닫도록 일렀다. 모기약이 독해서 아이들에게는 나쁘기 때문이다. 순복도 없는데 혼자서 밥하며 아이들 보느라고 얼마나 고될까.

"그러면 수고하세요."

영희가 병실에 오니까 저녁밥이 들어와 있다. 경옥은 배 위에 타월만 덮고 잠들어 있다. 이마를 만져보니 조금 뜨뜻하다. 그 정도의 열이면 삼십팔도 오부가량 될 것 같다. 흙빛이던 손끝이며 발끝도 살빛으로 되돌아왔다.

영희는 순복에게 밥 먹고 또 자도록 일렀다. 링거가 빨라져서 조절을 하니까 이제는 또 너무 느리다. 잠시도 링거에서 방심할 수 없다. 잠결에 팔을 잘못 움직이면 바늘이 부러질까 해서 경옥의 팔에 지목(支木)을 대고 붕대를 감은 것이 무겁고 아파 보여 애처롭다. 바늘이 꽂힌 언저리는 이미 푸르스름하게 부어 있다. 그러나 약 때문에 열도 내리고 차차 나아가는

170

것을 생각하니 의사며 약에 대한 고마움이 새삼스러워진다.

소아과 과장이 퇴근길에 들렀다.

"오늘밤은 삼십분마다 검온하시고 삼십팔도 오부가 넘으면 곧 당직 여의사한테 연락하십시오."

"선생님이 오실 수 없을까요?"

인턴 정도의 여의사는 믿을 수가 없었다. 그녀도 여자이면서 의사만은 여자를 신뢰할 수 없는 것이 겸연쩍으나 생명에 관한 일이니 체면 따위 차릴 겨를은 없다.

과장이 입가에 웃음을 띠며

"여선생님도 잘 보아줄 겁니다. 열이 오르지 않도록 주사를 놓도록 다 지시해두었습니다."

한다.

열이 오르지 않는 주사가 있다면 아까는 왜 놓아주지 않고 경기까지 하게 했는지 모르겠다. 영희는 속으로 의심스럽고 화가 나나 잠자코 있었다. 누구보다도 신뢰받으나 실수하면 가차없이 문책당하는 것이 의사이며, 그래서 그 직업이 얼마나 어려운 것인 줄 그녀는 평소 충분히 이해하고 동정하고 있다.

화나는 것은 환자의 에고다. 그러나 믿음을 배반당한 본능적인 분노이기도 하다. 어쩌면 그것이 환자의 무의식중의 권리일지도 모른다.

과장이 나가고 나서 영희는 밥 대신 커피를 마셨다. 식욕도 없으나 커피를 마시면 잠이 잘 오지 않기 때문에 오늘밤을 새위 경옥을 지킬까 해서다. 온종일 서 있어서 뚱뚱 부은 다리를 난방용 라디에이터에 올려놓고 안락의자에 등을 기댔다. 몸이 풀리는 것 같다. 서창으로 해가 기우는 것이 보인다.

'지겨운 날이었다. 그러나 감사합니다.'

그녀는 잠시 눈을 감았다. 눈동자가 아프다. 눈뿐 아니라 전신이 쑤시는 듯 아프다. 눈을 감은 채 그녀는 속으로 되풀이 말했다.

'내 온 정성을 다해 감사드립니다.'

감사의 대상이 신이었다가 또 의사가 되다가 다시 경옥이 되고 또한 약을 발명해준 이름모를 학자로 변한다.

간호사가 와서 열을 잰다.

"삼십팔도 칠붑니다. 꽤 내렸어요. 아까는 놀라셨지요?"

그 말에 영희는 얼굴이 화끈해진다.

삼층에서 일층까지 비탈진 복도를 뛰어갈 때의 그 모습이 얼마나 광적이었나 비로소 생각이 미쳐서다. 전혀 기억이 없는 것을 보니 눈앞에 아무것도 보이지 않았을 것이고, 그래서 다른 환자며 보호자들을 밀치며 달렸든가, 아니면 미친 듯이 달음질치는 서슬에 사람들이 놀라서 비켜섰을 것이다. 어른이 있는 그대로의 모습을 드러내면 추하다.

"아까 전화하실 때 닥터 김이 보시고 깜짝 놀랐대요. 선생님 작품을 많이 읽었는데 보통 사람 이상으로 평범하게 보여서 놀랐대요. 꼭 한번 얘기를 해보고 싶으시다던데……"

간호사는 얘기할 기회를 만들 수 없겠느냐는 얼굴이다.

"별다른 얘기를 할 줄 알아야지요."

"지금은 경황이 없으시겠지요. 다음에라도 기회가 있으시면……"

하고 나간다.

"평범하다구? 당연하지."

그녀는 작가니까 다른 사람과 달라야 한다고 생각해본 일이 없다. 급한 원고를 쓰느라고 초조할 때 아이들이 와서 원고지에 낙서하고 어깨에 기어오르고 그녀 곁에서 노래하고 뒹굴면 견디다 못해

"엄마도 사람이야!"

하고 소리친다.

"엄마 글 쓰니까 나가 있어."

하면

"글 써서 무엇 해?"

한다. 그 물음에 과연 왜 쓰나 대답할 용의조차도 돼 있지 않은 영희다.

아이들이 무심코 하는 말이나 그것이 적잖이 씨니컬하게 그녀의 가슴을 찌른다. 푸진 원고료 가지고 너희 무엇 사줄게 따위 사탕 발린 말도 아예 나오지 않으나 그래도 그녀는

"너희 과자 사줄게."

할 수밖에 없다.

"과자 안 먹어."

한다.

"장난감 사줄게."

"아빠가 더 좋은 것 사줘."

하며

"그림책 읽어줘."

하고 떼를 쓴다.

아이들이 원하는 것은 영희가 작품을 쓰는 것이 아니다. 그들이 성장할 때까지 창작은 단념할까 생각하면 그녀의 가슴에서 무언가 강력히 부인하는 소리가 있다. 그렇다고 아이들의 건강관리며 정서교육 같은 것을 등한히할 수는 없다.

사랑하는 사람을 사랑해주는 것보다 더 의의있는 일을 그녀는 아직까지 발견 못했기 때문이다. 그러나 쓰고 싶을 때 자질구레한 일상사 때문에 신경이 깎이면 그녀는 소리내어 울고 싶을 때가 있다. 뭉크의 「절규」라는 그림에 어떤 사람이 혼자서 무엇인가를 절규하고 있다. 그녀는 소리를 낼 수 없어 속으로 더욱더 목멘 절규를 한다.

간호사가 와서 경옥의 열을 재었다. 삼십팔도 구부이다. 아까보다 올랐다. 영희는 부쩍 긴장한다. 다른 간호사가 열 내리는 주사를 놓고 갔다. 링거액은 한방울씩 느리게 떨어지고 있다. 다 맞으려면 아직도 두어 시간 더 있어야 하고 이것을 다 맞고 나면 잇따라 또다른 링거를 계속 맞아야 한다. 영희는 붕대로 지목을 대어 묶인 경옥의 조그만 팔을 보니 새삼 가슴이 아프다.

그녀는

"경옥아."

하고 나직이 불러보았다. 경옥은 대답은 못하고 눈꺼풀만 잠시 움직일 뿐이다. 잠든 것이 아니라 기진해서 눈도 못 뜨고 대답도 못하는가보다. 어른은 아무리 앓더라도 아이들만은 앓지 않았으면 좋겠다.

"집에 가서 아이들이 먹는 것을 보아주었으면 이런 일이 없었을지도 모르는데……"

그녀는 어저께 외식한 것이 되풀이 후회된다.

간호사가 지금부터 밤새도록 삼십분마다 검온하도록 체온계를 두고 갔다. 그녀는 체온을 기록해두려고 종이에 그래프의 눈금을 그었다. 순복은 굵직한 다리를 의자에 올려놓고 잠이 한창 고부라졌다.

아홉시가 넘어서 운규가 왔다.

"열 내렸어?"

"네, 조금."

운규는 소리나지 않도록 조심하며 의자에 앉는다.

"집에 갔다 오세요?"

영희가 물으니까, 운규는

"음."

하며 기준이 누나 보고 싶다고 소리를 치더라고 한다. 영희가 아이들 궁금해하는 것을 그는 알고 있다. 두살 난 정옥은 더위서 팬티와 가슴두렁이만 입혔는데, 엄마 방에 가서 엄마 찾아오라고 떼를 쓰더니 혼자서 장롱 밑이며 경대 뒤까지 들여다보고 엄마가 없다는 것을 알았는지

"엄마 없다, 엄마 없다."

하며 가슴두렁이 위로 심장께를 손바닥으로 마구 문질렀다 한다.

운규가

"가슴께가 안 좋았던 모양이지?"

했다. 그 말에 영희의 눈에 눈물이 핑그르르 돈다.

"또 우네, 저 봐 또 우네."

운규는 놀리듯이 웃는다. 눈물이 흔한 영희는 곧잘 운규에게 놀림을 당했다. 운규는 영희의 기분을 돌려주려고 마음쓰는 것이다.

"울기는 언제 울어."

영희는 딴전을 치려고 하나 눈에서는 고였던 눈물이 흘러내리기 시작했다.

"저 봐, 저 봐, 어른이 울어."

"놀리니까 더 눈물이 나오지 뭐."

그녀는 눈물을 운규 탓으로 떼를 쓴다. 겨우 두살인 정옥의

조그만 심장이 벌써 그리움에 아픈 것을 생각하니 영희는 눈물이 한없이 흘러내려 흐느껴지려는 것을 입술을 깨물고 참았다. 사람이 미워서는 슬프지 않다. 가슴에 넘치는 사랑이 있으니까 슬픈 것이다. 마음껏 사랑해줄 수 없어서 슬픈 것이다. 사랑에는 한이 없는데 표현에는 한계가 있기 때문에 그것이 안타깝고 슬픈 것이다. 영희는 운규에게 눈물을 보이지 않으려고 그에게 등을 돌려 경옥의 이마며 팔이며 다리에 알코올 목욕을 시켰다. 경옥의 열은 떨어져서 삼십팔도 오부가 계속된다.

열한시가 넘어서 운규는 일어섰다. 순복이 잠들어 있어서 멀리 나갈 수 없어 그녀는 병실문 밖에서 운규에게 하직인사를 했다.

"안녕히 가세요."

멀어져가는 그의 뒷모습을 보며 오늘밤 홀로 있을 그가 외롭게 여겨져 애틋한 정감이 솔솔 인다. 그러나 어쩌면 운규는 해방된 것 같아 후련하게 느낄지도 모른다고 그녀는 생각했다. 그것은 그녀 스스로가 남편에게서 또 아이들에게서 도피하고 싶은 강렬한 충동을 느껴본 경험이 있기 때문일 것이다.

경옥은 자는지 기진했는지 눈을 감은 채 내처 꼼짝도 하지 않다가 새벽 두시가 넘어서 몸을 옆으로 돌렸다. 영희는 깜짝 놀라 벌떡 일어섰다. 주삿바늘도 링거의 고무관도 별 이상은 없다. 경옥은 몸을 옆으로 돌린 채 움직이지·않는다. 삼십구도까지 열이 되올랐다가 세시부터는 차차로 내려서 삼십칠도 팔부에서 머물렀다.

고열이 갑자기 떨어지는 것은 좋지 않은 현상이라 들어서, 열이 계단상(階段狀)으로 내리기 때문에 그녀는 마음이 놓였다.

단 일초도 잠자지 않은 밤이 새었다. 창밖 멀리 밤새도록 명멸하던 네온싸인도 어느 사이엔가 없어지고, 남쪽 유리창이 잿빛으로 밝아왔다.

'아, 지겨운 날이 갔구나!'

그녀는 경옥이 회복한 것을 누구에게랄 것도 없이 또다시 속으로 고개 숙여 감사했다. 다시는 밖에 나가는 것이 아니라고 그녀는 마음먹었다. 그러나 집 안에서 아이들 돌보기며 남편만을 바라보고 산다는 것은 마치 도를 닦느라고 깊은 산속의 나무 밑에 앉아서 움직이지 않는 도사를 연상시킨다. 도사는 앉아서 진리를 깨달을지 모르나 영희는 다만 질식할 것이다. 도대체 사랑을 위해서 인간은 어디까지 헌신해야 하는지. 그 한계가 어디까지일까. 나는 남편과 자식을 위해서 어디까지 시간을 뺏겨야 하나?

여섯시에 간호사가 들어와서 경옥에게 약을 주고 열을 재었다. 삼십칠도 오부다.

간호사는 간밤의 열의 기록을 차트에 베껴썼다.

"많이 나았어요. 경과가 좋습니다."

간호사의 말에,

178

"고맙습니다. 덕분입니다."

하고 영희는 말했다.

경옥이 눈을 떴다. 눈을 뜨자마자

"엄마, 밥 줘."

한다. 식욕이 나는 것은 병이 낫는 징조다.

"아이구 이뻐라. 밥 먹구 싶니? 그래도 참자. 선생님이 먹어
도 좋다고 하실 때까지 참자."

영희는 경옥을 왈칵 껴안고 싶은 것을 참으며 그녀의 뺨에
입맞춤을 했다. 링거를 맞고 있어서 흔들릴까봐 껴안을 수도
없다.

소아과 과장이 회진와서 물은 먹여도 좋고 밥도 끓여서 조
금씩 주어도 좋다고 한다.

경옥의 경과는 계속 좋았다. 하룻밤 더 입원해 있고 싶었으
나, 기준과 정옥이 궁금해서 영희는 퇴원하기로 했다. 간호사
카운터에 가서 고마웠다고 인사를 하고 과장한테 가서 같은
인사를 했다.

그녀는 이틀분 지어주는 약을 들고 경옥과 순복과 함께 병
원 현관 앞에서 택시를 잡았다.

태양은 떨어져서 없으나, 하늘은 아직도 밝고 차 안은 불속
처럼 뜨겁다.

그녀는 현관문을 뒤돌아보며 속으로 병원에 감사했다. 차
에 오르려는데 무엇인가 잊은 것같이 마음이 석연치 않다. 그

녀는 두루 살펴보았다. 수건이며 대야며 집에서 가져온 것은
다 가져나오고, 약도 핸드백에 들어 있다. 인사도 빠짐없이 다
했다.

　잊은 것은 아무것도 없었다. 그러나 역시 무언가 꺼림칙하
다. 택시가 움직이기 시작해서 현관을 지나 병원 캠퍼스를 돌
아 정문을 나섰다. 그러자 그녀는 비로소 무엇을 잊었는가 생
각이 났다. 신과의 약속이었다. 경옥을 살려주면 무조건 믿고
찬양하겠다던 그 약속이었다. 경옥이 경기에서 회복하고부터
는 한번도 신을 찾지 않은 것이 생각났다. 차는 한길에 나서며
속력을 낸다.

　"말하고 가. 어떻게 되었나!"
하는 소리가 영희의 등뒤에서 들리는 듯하다.

　신…… 감사한다. 그러나 나는 사람에게 더욱 감사하자. 아
니 신에게 더욱더 깊은 감사를 드려도 좋다. 신이 아니라도 좋
다. 그녀는 무엇에게나 감사하고 싶다. 그러나 신을 믿는 것만
은…… 기다려보자. 나는 아직도 인간에게 더 미련이 있나보
니까.

　창밖에서 바람이 세게 불어와 시원하다. 영희는 옆에 앉은
경옥을 무릎 위에 안고 뺨에 살그머니 입을 맞추었다.

　"고마워라. 이뻐라. 나아주었지!"

　신호등 앞에서 멈췄다가 차는 다시 속력을 낸다. 상점가 양
쪽에서 네온이 하나씩 반짝반짝 켜지기 시작했다. 그녀는 의

학이 고맙고 사람이 고마웠다. 온 세상이 고맙고 정겨워 눈시
울이 뜨거워지는 것을 느꼈다.

행 복

할아버지는 세 시간이나 신음하다가 밤 열시 넘어서야 운명을 하셨는데, 운명하시자 딸이 짤막하게 울음을 터뜨렸다. 아들, 며느리, 손자 모두 고개가 숙여지고 눈시울이 뜨거워졌으나 울음소리는 별반 나지 않았다. 운명한 다음 순간 거기 종신(終身)했던 많은 이들의 머리를 한결같이 스쳐간 것은, 대체이 일을 건너편 301호에 입원하고 있는 그의 아내, 즉 할머니한테 알려야 하느냐 하는 것이었다.

처음에 시골에서 입원하겠노라는 전보를 받았을 때는 신병이 대단하신가 해서 염려도 했으나, 막상 서울로 모시고 보니이렇다할 병은 아니고 다만 노쇠하였을 뿐이므로——할아버지는 여든셋이고, 할머니는 그보다도 세 살 위이다——젊은이들은 모두 꽤는 살고 싶은가보다 하고 속으로 웃기도 했다.

노쇠라 입원할 것도 없다는 의사의 말이었으나, 본인이 굳이 우기므로 거역할 수도 없고, 치료도 각별한 것이 있을 수 없어서 링거나 맞고 음식이나 맛난 것으로 가려서 잡숫게 하는 정도이다. 링거도 피부가 질겨져서 바늘이 들어가는 데 간호사가 무진 애를 쓰고, 링거 한병을 다 맞으려면 보통 두 시간쯤 걸리는 것이 세 시간 반은 족히 걸리고도 남았다.

할머니는 할아버지가 돌아가실세라 공연히 헛마음을 써서 그만 몸살이 나서 건너편 방에 마저 입원하게 되었다. 할머니 말씀에 병상에 누울 것까지는 없으나 만일에 '자기가 먼저 죽으면 우리 할아버지가 가엾어서 안되기 때문에' 입원한다는 것이었다. 할아버지도 처음에 입원할 때 하는 말이, "내가 먼저 죽으면 할머니가 가엾어서……"라고. 두 노인이 마치 세상에는 단둘만 있고 다른 사람들은 모두가 자기들을 해치기라도 하는 양, 서로 애처로이 여기는 품이 또한 젊은이들, 특히 손자인 홍기와 홍숙 들의 웃음을 사나, 본인들은 자못 심각한 바가 있는지 그러한 눈치도 아랑곳없이 우리 할아버지, 우리 할머니 하고 서로 마음쓰는 것을 감추려 하지 않았다.

할아버지가 위독하게 되고부터는 의사, 간호사, 식구들이 함께 짜서 할머니한테 하루 한번 들여다보는 할아버지 방에 가지 못하게 해두었다. 실상 할머니의 노쇠도 극도에 달한 듯한 느낌이나, 특히 의사의 부탁이라고 하여 며칠 안정하셔야 된다고 일러둔 것이다.

"아무렴, 안정하지. 내가 먼저 죽으면 어떻게 하게……"

그러나 "할아버지가 죽으면 나도 꼭 죽는다"는 말을 반드시 덧붙였다. 그 말투가 매우 비장한 결심 같은 것을 느끼게 하므로 할아버지가 운명하자 모두들 슬픔보다는 할머니를 더 염려한 것이다.

여든이 넘어서 죽으니 본인은 어떨지 모르나, 온 식구가 '아, 호상(好喪)이다' 하고 애석함보다는 마치 할일을 완수한 뒤의 후련함 같은 것이 느껴져서 고인에 대해 약간의 죄송함마저 가기도 했다.

할머니께 알리느냐, 알리지 않느냐로 아버지와 고모 사이에 의견이 맞지 않아서 한참 동안 실랑이를 했다. 아버지는 마지막 길이니 알려야 한다고 하고, 고모는 어머니만은 더 사셔야 한다고, 그래서 만일 말하였기 때문에 그로 해서 돌아가신다면 마치 우리가 천수(天壽)를 빼앗는 것과 같으니 절대로 안된다고 고개를 내저으며 반대했다. 결국 누구의 의견을 따르게 될지 미해결인 채로 할아버지의 신체는 그날밤으로 집으로 모셔왔다.

오일장으로 정하고 수의를 하느니 음식을 마련하느니 안에서는 법석을 하고, 밖에서는 부고를 내고 밤샘을 하느라고 한창 바삐 돌아가는 판이라, 자연 할머니 병문안 갈 것을 모두 까맣게 잊어버리고 말았다. 다음날 아침밥을 먹고 나서야 겨우 이것에 정신이 돌아간 어머니가 누가 할머니한테 가는가 걱정을 하기 시작했다. 지금 이 바쁜 판국에 없어도 좋을 사람은 홍기와 홍숙인데, 홍기가 답답해서 할머니와 긴 시간 마주 앉아 있을 리도 없고, 그보다도 녀석이 갑갑한 김에 진상을 실토할 위험성이 다분히 있어서 홍기는 그만 자격을 잃었다. 홍숙이 가면 좋으련만 할머니가 이상하게 알고 눈치챌까봐 그것도 걱정이다. 아들, 딸, 며느리, 외손, 친손 해서 하루에 열댓 명씩 드나들더니 누구 하나 감감소식에다가 손녀나 비쭉 가 앉아 있으면 필경 할머니는 신경을 쓸 것이 아닌가?

그렇다고 상제인 아버지와 어머니가 갈 수도 없고, 음식이나 옷마련이나 이 경우에 총지휘자격인 고모가 잠시나마 자리를 뜰 수도 없고, 어떡하나 어쩌나 하다가 그만 점심마저 넘겨버렸다. 이렇게 되니 다급해진 아버지가 상제고 무어고 격식 차릴 것 없다고 엉덩이를 털고 일어서서 어머니와 함께 부랴부랴 택시로 병원으로 달려갔다.

택시가 떠나자 회사에서 중역들이 몰려와서 조상을 드렸는데, 상제가 없어서 쩔쩔매다가 홍기가 아버지를 대신해서 영정 앞에 앉아 절을 받았다. 의젓이 또 비장한 듯이 앉아서 일일이 절을 받으려니 홍기는 전신이 밧줄로 잡아묶인 듯 거북해서 견딜 수가 없다. 견디다 못해 일어나 안방에 가서

"아이구, 나는 상제노릇 못하겠어요!"

하고 쿵 엉덩방아를 찧으며 앉는다.

"원 망측해라, 못할 것이 무어람. 아버지 안 계시면 으레 제할일인데……"

고모가 높다랗게 쏘아붙이며 또 금방 잇대어

"깃고대가 너무 느리지 않우?"

하고 언제 홍기한테 말을 했더냐는 듯이 재봉틀을 돌리며 옆사람에게 참견을 한다.

"약식 나와 보아주셔요!"

부엌에서는 고모더러 나오라고 재촉이다. 홍기는 거기도 앉아 있을 곳이 못 되는 것 같아 홍숙의 방으로 가본다. 홍숙은 시험이 얼마 안 남았는데…… 투덜대면서도, 호두를 까느라고 집게로 탁탁 소리를 내고 있다.

"우습지?"

"무엇이?"

홍숙은 그를 보지도 않고 되묻는다.

"모든 이런 형식들이 말이다."

"무슨 형식?"

"음식 차리고, 옷하고, 절하고, 눈물도 없는 곡하고 하는 것말이야."

"그게 왜 우스워?"

"너는 이런 때도 여전하고나."

"이런 때라니?"

그녀는 호두만 본 채 말한다. 홍기는 차차 답답해진다.

"할아버지가 돌아가셨잖냐!"

"오빠야말로 우습다."

"무엇이 우스워?"

"우습다고 한 게 말이야."

"그게 왜 우스워?"

"그것도 몰라?"

딱딱. 호두가 또 깨어졌다. 특별한 때니까 별다른 형식이 있
는데 우습달 게 무어냐는 뜻이리라. 진작 그렇게 말할 일이지
빙빙 돌리기는. 홍숙의 말이 옳기는 하나, 홍기는 그녀한테 진
것 같아 어떻게 역습을 할까 조급히 궁리를 하는데 전화가 왔
다. 다행이라 여기며 수화기를 드니 바로 그의 친구다.

"단성사 게 좋은데 안 갈 테냐?"

"글쎄……"

홍기는 수화기에 손을 막고

"영화 보러 가자는데 안되겠지?"

"돌았어!"

딱.

"안되겠는데. 어젯밤에 할아버지가 돌아가셔서……"

"응? 그거 안됐다. 울었니?"

"눈물이 나와야지……"

"얘는 무얼 하고 있어!"

어머니가 문을 획 열며 쏘아붙인다. 홍기는 얼떨결에 수화

기를 놓고 헤헤 웃었다.

"무엇들 하고 있니? 시골서 고모할머니가 오셨는데 조상도 안 받고……"

홍기와 홍숙은 떠밀리다시피 방을 나갔다. 대청에서 곡소리가, 그야말로 제격으로 된 곡소리가 들려왔다. 일흔이 넘은 고모할머니가 소복에 단정히 엎드려 곡을 하고 있었다. 아버지가 빨개진 눈등을 안경 속에서 껌뻑이고 있다. 십분은 족히 되는 곡이 끝나자, 고모할머니는 병풍 앞에서 물러앉아 또 운다. 이번에는 곡이 아니고 어깨를 들먹이며 소리없이 흐느낀다. 홍기도 콧등이 시큰해졌다. 일흔이 넘었는데도 그녀는 아직도 윤이 도는 분홍빛 살결이다. 흐느끼는 것이 끝나자

"참 좋은 날, 좋은 시에 돌아가셨다. 후손에 영화가 있을 게다."

고모할머니의 첫마디다.

"태어나는 것뿐 아니라, 사람은 죽는 복도 잘 타기가 쉽지 않으니라."

"네."

아버지는 입속에서 긍정 같은 것을 적당히 우물거렸다.

"호상이다. 여든이 넘었으니 장수하셨고, 아들에, 손자에 없는 것이 없고, 손윗사람 누구 하나 남겨두지 않고, 아랫사람 누구 하나 또 먼저 보낸 일이 없으시니 참으로 이런 복이 어디 있겠니?"

그녀는 그래도 미비한지

"대소변 혼자서 다 보시고, 오래 앓기를 하셨나, 고통을 하셨나, 사람이 그렇게만 죽는다면 이 세상에 무엇이 한이 되랴."

점점 부러운 듯한 말투로 변해간다. 그녀는 이윽고 말머리를 돌렸다.

"맏손자가 없어서 섭섭하고나."

"전보는 쳤습니다. 제가 있으니까요, 안 와도 괜찮을 것 같고, 또 미국에서 그렇게 단시일에 올 수도 없고 해서요……"

아버지는 띄엄띄엄 한마디씩 변명처럼 말했다. 할아버지가 돌아가시고 나니까 고모할머니가 집안에서는 첫째 어려운 어른이 된 것 같다.

"어머니는 차도가 어떠시더냐?"

고모할머니는 매사에 절차가 뚜렷한 듯한 인상이다. 첫째는 돌아간 이의 복을 찬양하고, 맏손자가 손자노릇 못하여 유감의 뜻을 표했고, 다음에는 할머니의 병문안이다.

"어머님도 어려우실 것 같아요."

"저를 어쩌나! 일을 겹쳐 당해서는 안될 텐데. 가보아야겠다."

어머니가 식혜를 가지러 간 사이 그녀는

"무얼, 갔다 와서 먹지."

한다.

매사 절도 있구나, 홍기가 속으로 재삼 여기고 있는데 식혜가 들어왔다. 굳이 싫다는 것을 억지로 도로 앉혀서 마시게 한다.

대문에 또 조상객들이 몰려들어왔다. 마침 자가용이 들어와서 홍기는 잘됐다 여기며 고모할머니를 모시고 병원으로 갔다.

부엌에서 누가 호들갑스럽게 소리를 친다.

"고모님, 나와보세요, 고모님!"

"왜 그래, 난 바뻐."

안방에서 수의를 만들고 있던 고모도 맞소리를 쳤다. 입관이 오늘밤이라 수의가 급한 것이다. 아홉 사람이 덤벼들어 하는데도 아직 다 되지 못했다. 뒷마루에서 어머니가 부엌으로 나가본다. 낯선 노파가 하나 비좁은 틈에 끼여 서 있다.

"다름이 아니구요, 칠성판을 저희께 주십사고요."

지금 할아버지의 신체 아래에 깔린 판자쪽을 달라는 것이다. 입관하고 나면 칠성판은 필요없게 된다.

"호상이시라 얻어가려구요. 꼭 저희께 주세요. 다른 사람이 가져갈까봐 염치 불고하고 왔습니다."

"그렇게 하시지요."

하면서도 이상도 해라, 남의 신체 밑에 있던 걸…… 기분나쁘지 않을까? 그러나 그녀는 왠지 기분이 좋아지며 뒷마루로 음식을 하러 갔다. 눈이 돌게 바빠서 잠시나마 우두커니 서 있을 겨를이 없다. 대청에는 조문객들이 떠날 사이가 없고, 방이고 부엌, 마루, 마당에까지 일하는 사람들로 들먹거린다.

"손님이 많기도 해라. 호상은 호상이야……"

어머니는 속으로 흐뭇함을 느끼기도 한다.

"춥지도 않고 덥지도 않고, 계절도 좋지."

그녀는 다시 만족한다.

호두를 들고 부엌으로 가는 홍숙을 보자 고모가 소리쳤다.

"홍숙아, 이리 좀 오너라. 부고가 나면 손님들이 더 많을 터이니 너는 이제 손님 접대해야 한다. 집안 깨끗이 하고 문밖 어질러지나 살피고 댓돌의 신발도 가지런히 하고…… 대학 졸업반쯤 됐으니 말 안해도 알겠지. 그리고 관이 곧……"

그녀는 말을 잠깐 끊었다가,

"관이 곧 들어올지도 모르니 지금 바로 착수해야 한다. 관 위는 생화로 덮을 테니, 참, 꽃을 많이 사오너라."

했다.

손님 접대하랴 집안 치우랴 꽃 사오랴 홍숙은 머리가 돌 지경이다.

"관에 못 박는 소리 날 때 제일 기맥히지."

누가 옆에서 바늘을 놀리며 한숨을 쉰다. 그래서 관 얘기를 하다가 고모는 잠시 말이 막혔던가?

"관에 흙 떨어질 때는……"

"허."

하고 누가 또 긴 한숨을 쉰다.

홍숙이 무슨 할일이 더 있으려나 하고 서 있으니까,

"거기는 꺾지 말아요, 이렇게 해야지."

고모는 이미 그녀는 안중에도 없다. 홍숙은 손님 오실 때마다 차 시중하려니까 숫제 호두 까던 때가 나은 것 같다.

"어머님 수의도 아주 해두어야겠지 않우?"

팔촌뻘 되는 아주머니의 말이 뒤에서 들려온다.

"별말씀을!"

고모의 음성이 떨렸다. 할머니가, 즉 고모의 어머니가 돌아가시는 것은 무척 싫은 모양이다.

"전화 넣어라."

아버지가 대청에서 소리친다.

뒷마루에서 일하던 어머니가 잔걸음으로 뛰어가서

"상제가 큰 소리 내는 법 아니에요."

아버지의 귀에 대고 속삭이고, 홍숙의 방으로 가서 전화를 돌렸다.

"조계사지요? 아까 사람 하나 갔을 텐데요. 네, 네. 오늘밤 여덟십니다. 네, 부탁합니다."

스님들이 올 모양이었다.

"홍숙아, 향 깎아라. 홍기 아직도 안 왔니?"

"큰 소리 내지 마시래두."

"괜찮아, 손님 안 계실 때는……"

홍숙은 이것 하랴 저것 하랴 정신이 없다. 그녀가 하는 일은 생색 안 나는 것뿐이다. 깃옷을 할 줄 알든가 수정과라도 만들

줄 안다면 몰라도. 그녀는 찬마루 한구석에 앉아서 향을 깎기 시작했다.

갑자기 앞마당이 떠들썩하더니 말뚝 박는 소리가 난다. 천막을 치는 것이다. 오늘밤은 밤샘하는 이가 부쩍 늘겠지요. 저런! 그러면 고기 더 사와야지, 술도요. 술은 무엇으로 하나, 맥주야 비싸지. 어디, 아이 뜨거, 손 델 뻔했네. 고만 밀어요, 좀. 이것 보아, 거기 고기 다진 거 던져주어. 정종으로 하지. 정종은 싸서? 한두 병이어야 말이지. 달걀 줘요, 달걀. 아이구 시끄러. 막걸리로 하지. 잔말 말고 정종 산다고 그래요. 누구한테? 이런! 답답하긴, 주인마나님이나 고모님이지. 얘, 얘! 잠깐, 오징어도 몇축 사와야 한다. 땅콩도! 북어도. 안줏감 마련 많이 해두어야지. 한 사람이 말해요, 여러 소리가 나니까 하나도 안 들려요. 적어 가거라, 적어. 적기는 무얼 적어, 젊은게 그것도 못 외워? 송자야, 송자 같이 가거라. 차 왔으면 차 타고 가거라. 콜라도 사와. 안손님은 손님 아닌가? 사이다, 사이다. 어허 이 댁 뽕 빠지겠네. 잔소리 말고 다식판이나 이리 주어요. 여태까지 그것밖에 못했니? 송홧가루 어디 두었어? 선반 위에. 깨다식 한 건? 그것도 선반 위지. 부엌은 벌통 쑤신 것 같다.

"홍숙아, 방에 가서 자리 펴라. 고모할머님 오셨다."

어머니가 소매를 걷어붙이고 고기를 재던 채로 와서 말하고 또 간다. 홍숙은 향을 깎다 말고 방으로 가보았다. 고모할머니가 지친 얼굴로 앉아 있다. 먼데서 와서 조금도 쉬지 않았기 때문에 고되다는 것이다. 침대에는 눕지 못해서 자리를 펴고 눕게 했다. 홍기가 재미나는 듯이 홍숙이 자리 까는 것을 보고 있다가, 애쓴다 한다. 오빠야말로! 그녀는 차게 딴전을 친다. 아닌게아니라 혼났다. 할머니도 얼마 못 가실 것 같아. 간호인 말이 식사도 부쩍 줄었대. 할아버지 어떠냐고 하기에 괜찮으시다고 했지. 진땀나더라. 나도 괜찮다고 가서 그래라. 사실은 꼼짝도 못하겠다고 하시잖아. 내가 먼저 죽으면 안될 텐데 하고 시작이야. 할아버지가 먼저 죽어도 안된단다. 그러다가도 내가 그 앞에서 죽어야 상팔잔데 하잖아. 아주 진짜 진심 같더라. 그러면 할머니는 상팔자는 틀렸어요, 했지. 무어? 아니 속으로 말이야, 물론 속으로지. 이랬다저랬다 죽는 것 가지고 지지고 볶는 셈이야. 결국 죽음은 제멋대로 오는 것인데. 시 같구나. 까불지 말아, 다음은 우리 차례야. 괜찮아, 난. 언제 와도 좋아.

"끔찍한 소리 말아라."

고모할머니는 주무시는 줄 알았더니 다 듣고 있었다. 홍기와 홍숙이 찔끔하여 방을 나갔다. 홍기 친구들이 댓 명 조상을 왔다. 홍숙의 일감이 늘었다. 그녀는 홍차를 들고 갔다.

오늘 밤샘을 한다고 한다. 오늘뿐 아니라 장례식날까지 밤샘한다고 한다. 모두 공부벌레들인지 생김새로 보아 하루도 샐 것 같지 않겠다. 홍숙이 속으로 비웃는데 차를 마시자 웃옷을 벗고 와이셔츠 바람으로 일어서서 마당에 가더니 천막 속

196

에 돗자리 까는 것을 거들기 시작했다. 손님이라도 한가한 이는 누구나 일을 하게 마련인 것 같다. 회사에서도 직원 여남은 명이 밤샘하러 온다고 한다.

고모의 높은 음성이 들려왔다.

"너는 다 고만두고 어서 꽃 사오너라. 퇴근시간 되면 밀릴 것 아니야? 비싸더라도 백합을 많이 사오너라, 향기가 좋게. 아지랑이꽃은 싼데다가 보기도 좋으니라. 장미나 달리아가 있는지 모르겠다. 많이 사와야 하니까 차 타고 가거라. 관 위를 다 덮을 테니 그리 알구. 참 마거리트도 많을 게다."

홍숙은 후반을 뒤통수로 들으며 운전사를 부르러 갔다. 차가 대문을 나가는데 장의사에서 염하는 사람들이 대여섯 명 들어왔다. 뒤이어 길고 검은 관이 발가숭이 채로 들어온다. 염하는 이들의 인상이 한결같이 험하다. 한눈에 눈살이 찌푸려진다. 고모가 나와 보고 질겁을 했다.

"염은 내가 잡숫겠수!"

그녀는 뱉어내다시피 한다.

"할 줄 알어?"

아버지가 고모의 기세에 눌려서 눈치를 살피며 물었다.

"알고 무어고 있수? 우리 아버지니까 우리가 하는 것이지. 오빠하고 나하고 해요!"

"어떻게 해?"

"손이나 깨끗이 씻고 오시우. 하는 법이 따로 있을라구? 정성이 있으면 다 되는 거지. 그리고 미안하지만 장의사 양반들은 그만들 가시우!"

고모는 소매를 걷어올리더니 목욕실로 갔다.

"원, 하필이면 저렇게 흉측스럽게 생긴 것들만 몰려왔어. 천만에!"

고모는 홀로 분개하며 혼잣말로 몇번이나 뇌까렸다. 아버지도 손을 씻으러 일어섰다. 이대로 가다가는 무엇이든 고모 의견대로 될 것 같다 하고 홍기는 생각했다. 할머니께 알리기는 다 틀렸는걸. 어떻든 두고볼 일이지. 홍기는 혼자서 흥미도 인다. 회사에서 전화가 와서 밤샘하는 이들은 아홉시쯤 오겠노라고 한다. 부엌에서 와 하고 짤막하게 환성이 일어났다. 저녁안 차리는 게 어디예요? 아무렴! 여남은 명 먹이려면 혼나지. 손님들이 어디 그뿐인가요? 그렇구말구! 어떻든 잘되었어. 저녁상 안 차리게 되었으니! 무어니 해도 우리가 살았지. 저런!

"입관할 때까지는 모시고 와야겠어."

"안된대도 그래요, 마저 돌아가시면 어떡헐려구."

대청에서 아버지와 고모가 또 의견대립이다.

"마지막 길인데, 어떻게 못 보시게 한단 말이야."

"글쎄, 어머니마저 돌아가시면 그 한을 어떻게 풀려고 그래요."

"우리 한 때문에 어머니께 한 되는 일을 해야 옳아?"

"그러면 어머니도 아주 돌아가셔야 속이 시원하겠수?"

"얘가 왜 이래?"

"왜 그러기는? 사실 때까지 사시도록 하는 것이 자손의 도리지."

딸은 어떻게든 어머니의 생명은 연장시키고 싶은 모양이다.

"그것은 네 생각이야. 어머니가 얼마나 한이 되시겠는가 생각해봐."

"그래요, 아버지께는 훗날 꼭 알려드릴 테니 염려 마세요."

홍기가 한마디했다.

"얘야, 이게 무슨 장난인 줄 아니?"

고모가 화살을 홍기에게 돌리려고 한다.

"장난이라니요?"

"장난이 아니면 왜 웃으려고 그래?"

"언제 웃으려고 했나요?"

언성이 점점 높아갔다. 홍숙의 방에서 고모할머니가 나왔다.

"그저 다 효심이 지극해서 이런 말도 나오게 되는구나. 글쎄 누구의 말을 따라야 할지 심히 난처하구나."

"어떻게 했으면 좋을까요? 입관이 세 시간밖에 안 남았는데요."

아버지는 고모할머니의 의견에 맡겨버릴 듯한 말투다. 고모할머니는 얼른 자리를 뜨며

"내가 아니, 자식들이 알아 할 일이지. 나는 아예 상관할 자격이 없다."

그녀는 도로 홍숙의 방으로 간다. 아버지와 고모가 다시 서로 쳐다보고 앉았다. 한참 후에

"에이, 나는 내 멋대로 할 테다."

아버지가 드디어 벌떡 일어섰다. 고모가 덥석 그 손을 잡고 도로 앉힌다.

"안된대두. 글쎄, 어머니가 아시면 그 순간에 돌아가신단 말예요."

홍기가

"돌아가셔도 할 수 없지요. 연애하다가 한쪽이 죽어서 한쪽이 따라 죽는데 얼마나 좋아요."

했다.

고모의 커다란 눈이 꼬리부터 올라가기 시작했다.

"얘! 너는 이 슬픈 때에 농담할 겨를이 다 있니?"

고모가 와 하고 울음을 터뜨렸다. 아버지도 소리내어 울기 시작했다. 갑자기 온집안 구석구석에서 울음소리가 일어났다.

"농담이라니요? 참!"

홍기는 당황했다.

"아이고, 이 기맥힌 때에……"

광대
김선생

준(俊)은 부엌으로 가는 초인종을 두 번 누르고 의자에서 일어섰다. 책상에 반쯤 걸쳐져 있던 오선지 한장이 양탄자로 떨어졌다. 그것을 주우려고도 하지 않고 그는 피아노 앞에 가서 앉았다.

아침하늘은 잿빛으로 흐려 있다. 눈이나 비가 올 것 같다. 늦가을에서 겨울로 들어설 무렵은 날씨가 고르지 못했다. 실내 난방이 알맞다. 그러나 준은 노타이 차림의 와이셔츠 한쪽 소매를 천천히 걷어올렸다. 건반에 팔꿈치를 세우고 턱밑에서 두 손을 모았다. 건반에서 무거운 불협화음이 길게 여음을 끈다. 흐린 하늘에 북악과 인왕산 봉우리들이 조용히 선을 긋고 있다. 준은 한참 동안 창밖을 보고 있다가 오른손 새끼손가락으로 건반의 가장 높은 키를 쳤다. 투명한 소리가 톡 하고 부서진다.

'일악장하고 이악장은 역시 좋다. 버릴 수 없는데……' 그는 벌떡 일어나서 책상으로 갔다. 1, 2악장은 가야금과 오케스트라가 가까스로나마 조화되어 있으나, 3악장의 까덴짜(cadenza)는 아무래도 어딘지 어색했다. 여기만 잘되면 이 협주곡은 성공할 것 같다.

국악기와 양악기가 합주할 때는 언제나 분위기 때문에 실패하기 쉽다. 악기의 성질이 전혀 다르기 때문이다. 합리적이고 벽돌처럼 각 음이 독립되어 있는 양악의 음과, 지극히 비합리적이고 천연의 바위처럼 각 음의 모양이 저마다 다른 국악기의 음을 함께 써서 건축을 하는 것은 확실히 위험한 실험이다. 준은 무엇보다도 한국 음악이 갖는 분위기를 잘 나타낼 수 없어서 힘이 드는 것이다.

그는 목 뒤로 깍지손을 끼고 있다가 책상 옆의 초인종을 눌렀다. 두 번을 채 누르기 전에 부엌아이가 커피를 가지고 들어왔다. 아침 먹고 벌써 세번째 커피다. 준은 작곡이 제대로 되지 않으면 커피를 마시는 버릇이 있었다. 목이 마르거나 식욕을 느껴서가 아니라 그 향기를 맡으며 한모금씩 맛을 음미하는 동안 기분이 전환되고 새로운 생각이 떠오르는 것 같기 때문이다. 그리하여 일이 잘 진행되는 수도 있고, 어떤 때는 공연히 애꿎게 커피만 대여섯 잔 마시고 마는 때도 있다. 그렇게 되면 커피의 향도 맛도 전혀 모르면서 마치 마시는 것이 치러야 할 의무인 것처럼 한모금씩 액체를 목 너머로 넘기고 있었다. 초인종을 두 번 누르면 말하지 않아도 부엌에서는 커피를 가지고 올라오게끔 되어 있었다.

준은 티테이블로 가서 선 채 포트를 기울였다. 그가 한모금 마시려는데 노크 소리가 나며

"오빠, 나 들어가도 되지?"

한다. 원(媛)이다. 그녀는 대답도 듣지 않고 문 손잡이를 돌려 들어왔다.

"아이구, 몇잔째야!"

원은 허리를 뒤로 넘기며 어이없다는 듯이 곁눈을 흘긴다. 그녀의 산뜻한 빨간 원피스가 갑자기 방 안에 전등을 확 켠 것 같다.

"부엌에서 고개를 내젓고 있어요."

여자들끼리 또 쑥덕거렸으려니 여기며 준은

"너 참 잘 왔다. 한번 들어봐."

한다.

"나 좀 바빠."

원은 항공엽서를 흔들어 보이며

"이것 찍고, 외무부에 가야 하거든."

그녀는 타자기 앞에 앉아서 재빠르게 자판을 두드리기 시작했다. 언제 배워서 그렇게 능숙한지 속도가 여간 빠르지 않다.

원은 비자만 나오면 곧 미국으로 떠나게끔 모든 준비가 되어 있었다. 유학수속은 둘이 같이 시작했는데 원은 전액 장학금에다가 풀브라이트 시험까지 패스해두었다. 학비는 아버지가 충분히 댈 텐데도 미국은 부자니까 되도록 우리 돈은 아껴야 한다는 그녀의 지론이 여기서도 발휘되어 여비까지 마련해둔 셈이다. 준은 아직도 멀었다. 원이 무슨 일에건 판단을 빨리 내리고, 또 내려지면 서슴지 않고 행동으로 부딪쳐가는 데 비해서, 준은 하는 일의 의미를 찾느라고 무언가의 주위를 항상 배회하고 있는 정신상태 때문인지도 모른다.

"넌 지금 그렇게 낌새도 모르고 뛰어다니지만, 한국 사람이 영문학 하러 왔다고 거기서들 웃을걸?"

준은 몇번이나 하던 말을 또 했다. 그가 비록 양악을 아무리 공부하고 작곡한다 해도 서구인과 도저히 나란히 설 수 없노라고 믿고 있는 것과 같은 이유에서다.

"두고봐!"

원은 계속 자판을 치면서 준을 한번 흘겨보고 야무지게 말끝을 맺는다. 준이 놀리는 줄 아는지 원은 언제나 이런 투의 말에는 '두고봐!' 하며 입을 옹초 물었다.

"농담이 아니라니까!"

"한국인이 서양 것을 하면 얼마나 할 거냐는 거지? 내가 좋으니까 해요, 내 생리에 맞으니까 말이야. 서양 것이니까 하고 한국 것이니까 안하는 게 아니에요."

공교롭게 말이 끝나는 것과 타이프가 끝나는 것이 일치했다. 원은 타이프의 뚜껑을 덮고 일어서더니 손목시계를 본다.

"시간은 약간 있으나 듣고 있을 여유가 없어요. 마음이 바빠서. 나쁘게 평하고 싶지만 사실 괜찮아, 이번 것."

그녀는 콧노래로 멜로디 몇군데를 부르더니

"이거지? 내 방에서도 다 들리는걸? 전에 비하면 나아졌어."

얄미울 만큼 거만하나, 준은 그것이 또 부럽기도 하다. 사실 원이 한 말은 너무 속도가 빠르고 이론에 비약이 있으나, 나중에 곰곰이 생각해보면 제법 들을 만한 것이 있었다. 이번 것이 괜찮다는 말에 조금 용기를 얻은 준은

"괜찮을 게 어디 있어, 죽도 밥도 아니야. 서구적이냐면 그것도 아니구, 한국적이냐면 그렇지도 않아."

했다.

원의 맑은 음성이 더욱 자신있게 굴러나왔다.

"그러면 어때요? 문제는 동서(東西)가 아니에요. 그것이 하나의 작품이 되어 있는가가 문제지."

원은 날씬한 다리를 쭉쭉 뻗으며 문까지 갔다.

"누가 그걸 모르나, 그것이 안되니까 괴로운 거지."

"자기의 것을 만들면 되잖아? 한국말을 하며 한국 땅에서 커피를 마시구, 양탄자 위에서 파아노를 치고, 그것이 오빠 걸 어떡해? 오빠 외의 것을 나타내려니까 얼굴이 저 모양이지, 홋

훗. 커피를 그렇게 마시다가는 위에 구멍이 뚫린답니다."

그녀는 마지막 말은 문밖에서 얼굴만 내밀고 하더니, 말이 끝나자 얼굴을 쏙 빼내고 탕 하고 문을 닫아버렸다.

준은 멍하니 문만 쳐다보다가 일어서서 녹음기를 꺼내어 녹음 준비를 했다. 피아노를 치며 듣는 것보다 녹음을 해서 들어볼까 하는 것이다. 더 객관적으로 들을 수 있을 듯해서다.

1, 2악장은 피아노만인데도 괜찮았다. 그래서 카덴차 부분이 좋지 않다고 아주 내버리기는 아까운 것이다. 카덴차는 악보로 보아도 모자라는 데가 있으니까 실지 연주로는 더 나쁠 것 같다. 준은 잠시 녹음테이프를 바라보고 있다가 양복장을 열고 스프링코트를 내어 입었다.

"그렇지, 여기는 난방이 되어 있으니까 덥지만……"

그는 생각하며 노타이 와이셔츠 위에 윗도리를 하나 더 껴입었다.

준이 아무것도 눈에 보이지 않는 듯 바삐 내려가다가

"참, 학교에 전화해서 감기로 열이 나서 화성법은 휴강한다구 해줘."

하고 소리쳤다.

밖은 꽤 추웠다. 준은 코트깃을 바싹 여미고 골목을 걸어나갔다. 가야금을 가르치는 광대 김선생을 찾아가려는 것이다.

한길에 다다르자 그는 잠깐 발을 멈추었다. 김선생이 반년 전에 살던 집에서 여전히 사는지, 그후 이사를 했는지 모르기 때문이다. 국악원 같은 데 가서 주소를 먼저 파악하는 것이 낫지 않을까?

　이사를 하는 것은 그리 쉬운 일이 아니다. 그러나 김선생은 어떤 때는 한 달에 두 번이나 주소가 바뀌는 수가 있었다. 여난상(女難相)이 있는지 그는 곧잘 여자에게 붙들려 함께 살게 되는데, 단 한번 외에는 그 많은 여자 중에 좋아서 인연이 맺어진 적은 없다고 했다. 살다가 정 견딜 수 없으면 아무도 모르게 여관이나 하숙으로 입은 것과 가야금 하나만 덜렁 들고 달아났다. 대개 전셋집에 들기 때문에 달아날 때마다 그는 거의 맨손이 되고 말았다. 그래서 밥을 굶는 적도 있으나 싫은 것을 참느니 굶는 쪽이 낫다고 했다.

　열한살 때 전라남도 어느 시골에서 결혼을 했는데, 지금도 그 부인은 정릉에서 홀로 살고 있다. 그는 부인과는 사실상 몇십년을 남처럼 지냈고, 또 그 어느 여자보다도 싫어했으나, 그럼에도 생활비는 한 달도 거르지 않고 보내는 그런 관계를 갖고 있다. 김선생은 가끔 방송이나 연주를 해서 수입이 있는데, 제자가 많아서 다른 국악인보다는 훨씬 생활에 여유가 있었다.

　시커멓고 고목껍질처럼 거친 다섯 손가락이 어떻게 그처럼 섬세하고 또 웅장한 음악을 만들어내는지 이상한 느낌조차 준다. 얼굴도 손 못지않게 못생겼으나 그 선량한 눈 때문인지 그 음악 때문인지, 그는 사랑하지도 않는 여자들에게 붙들려 공연한 고생을 하고 있는 것 같았다. 여자들이라 해도 모두가 기생 출신들이다.

준이 아는 것만 해도 김선생은 열서너 번은 이사를 했다. 그는 또다시 그 여자에게 붙들리지 않기 위해서 다른 여자를 방패로 삼았다.

그러니까 또 얼마 못 가는 것은 오히려 당연한 일이 아닐까? 아마도 여자들이 유혹하지 않으면 그는 정말 음악만 하고 살았을 것이다. 준은 그것을 증명할 수 있는데, 그것은 그가 단한번 사랑해서 살았다는 비취라는 기생과 헤어진 뒤 삼년 동안 혼자 있었기 때문이다. 혼자 있는데도 부인한테 가지 않은 것을 보면 부인이 그만큼 싫은 까닭도 있겠으나, 그가 여자를 좋아하지 않는다는 것도 짐작할 수 있는 일이다. 그러던 것이 어떤 악명 높은 기생의 손에 말려들어가서 다시금 주소가 바뀌기 시작한 것이다.

비취와 헤어질 때는 상당히 타격이 심한 듯했다. 준은 그때 그를 안 지 이틀째 되는 고등과 학생이었다. 준은 지금도 뚜렷이 상기할 수 있는데, 김선생의 얼굴이 검고 거칠어선지 뚝뚝 굴러떨어지는 눈물도 어쩐지 검은빛만 같았다. 여간해서 애틋한 로맨스는 있을 것 같지 않은 사람이 흐느껴 울어선지 고등과 학생이던 어린 준은 그때 기이한 눈으로 그를 바라보았다.

"아무래도 헤어지겠다는 거여."

준이 묻지도 않는데 그는 말하고 있었다. 그의 기분이 견딜 수 없게 되었을 때 공교롭게 준이 그 방에 있었던 모양이다.

작곡을 하기 위해서는 국악도 알아야 한다는 지도교수의 말에 그는 별로 좋아하지도 않던 국악을 알려고 배우러 다녔다. 입학시험 때문에 두어 달 이상 못하고 말았으나, 준은 대학생이 된 뒤 가끔 김선생에게 가서 감상도 하고 배우기도 하였다. 그러는 동안 국악이 좋아졌고, 또 오래 사귈수록 김선생에게 매력을 느끼게 되었다. 선량한 인간성 때문인지 그 음악의 천재성 때문인지는 모르겠다.

"이년 동안 정말 사랑했어. 내 가락을 다 가르쳐주었지. 그런데 이젠 싫다는 거여. 사랑하지만 싫다는 거여. 우린 어제 밤새도록 같이 가야금을 탔어. 백년 함께 살 사람들처럼 말이여. 아침밥 먹더니 비취는 손가방 하나 들고 나가버렸어."

그래서 그가 여자와 헤어질 때 입은 것만 가지고 맨손으로 달아나지 않게 된 경우도 그때뿐인 셈이다.

준은 한길로 나와서 조금 망설이다가 인사동 쪽으로 갔다. 김선생도 이제는 나이도 들었고, 들리는 말에는 이번에는 진짜 지독한 여자한테 걸려서 꼼짝 못할 것이라 하니, 반년 사이에 헤어졌을 것 같지는 않았다.

낙원시장 뒤를 돌아서 좁다란 골목을 한참 가다가 준은 조그만 대문 앞에 섰다. 문패가 그대로 있다. 대문을 여니 아랫방에서 댄스곡 같은 재즈가 들려왔다. '누가 춤을 추나?'

준은 마루 겸 레슨실로 되어 있는 대청으로 올라갔다. 네댓 평쯤 되는 대청에 두 개들이 구공탄 난로가 하나 있는데, 그것도 화력이 약한지 실내는 춥다. 여학생 둘이 난로 옆에서 가야금을 타다가 준을 흘끗 보고 다시 계속한다. 방석이 댓 개 있는데 모두 커버가 더럽다. 실내가 어딘지 누추하고 살벌하다. 제자들이 대개 가정부인들이지만, 상당한 음악가나 사장급도 있어 언제나 대청이 좁았는데, 오늘은 왜 텅 비어 있는지 모르겠다. 추운 탓은 아닐 것이다. 이것은 계절에 좌우되는 직업이 아니니까. 반년 동안 무엇인가 꽤 변한 것 같다.

준은 앉을 염이 나지 않아

"선생님 안 계신가요?"

하고 물었다.

"곧 오실 거예요. 저희가 시간보다 빨리 왔어요."

"멀리 나가셨나요?"

"아니요, 아랫방에 계신데요?"

여학생들은 서로 보며 킥킥 웃고는 가야금을 합주하다가 다시 킥 하고 웃기 시작하더니 못 참겠는지 손가락으로 서로의 다리를 쿡쿡 찌르며 허리를 비틀고 웃는다. 준은 무엇이 그렇게 우스운지 얼른 짐작이 가지 않아서 머쓱하니 섰다가, 난로 옆에 앉았다. 얼굴에 무엇이 묻었나 생각하다가 겨우 그는 웃는 까닭을 깨달았다.

아랫방에 계신다니, 춤추는 이가 바로 김선생인가보다. 좀처럼 그 모습을 상상하기 힘들기는 하나, 그렇다면 확실히 우습기는 우습다. 굽은 허리에 게다가 약간 갈지자걸음인데 어떻게 사교춤을 추고 있을까?

'아니 그렇게 변했나?'

커피도 홍차도 못 마시고, 양악은 더구나 재즈는 시끄러워서 골치가 아프다는 사람이 사교춤을 배우다니.

"이거 웬일이여?"

김선생이 댓돌에 신을 벗으며 준을 보고 얼굴이 벌게졌다. 춤춘 것이 창피했는지 모른다. 준은 인사를 하고 산조(散調)를 들으려고 왔노라고 했다.

"그러지, 그러지."

김선생은 고개를 뒤로 돌려 무엇인가 찾는 듯이 두리번거리더니, 호주머니에서 손수건을 꺼내어 땀도 없는데 얼굴을 한번 훔쳐낸다. 어딘지 침착성을 잃고 있다. 춤춘 것이 어색하고 부끄러워 어쩔 줄을 모르는 것 같다. 그는 무슨 말인지 입속말로 하면서 안방으로 가서 가야금을 가지고 나왔다.

19세기 말에 만들어진 것이라며 그가 자랑하고 아끼는 가야금이다. 좌단(坐團)과 양이두(羊耳頭)가 화류고, 좌단 한가운데 옥으로 화려하게 용무늬가 박혀 있다. 나뭇결이나, 몸의 빛이나, 안족(雁足)의 곡선 등 악기라기보다 하나의 미술품 같다. 그 소리도 요즈음 만드는 가야금에서는 도저히 기대하기 어려운 것이었다.

김선생은 소중히 안듯이 그것을 무릎에 놓고 줄을 골랐다. 여학생들이 가까이로 바싹 다가앉는다. 그가 타는 산조의 전곡(全曲)을 들어보기는 힘든 일이기 때문이다. 다른 사람이 청하면 무엇인가 딴말을 하며 결국 피하고 마나, 왠지 준이 청해서 그가 거절한 적은 없었다. 준이 그를 좋아하는 것만큼 그도 준을 좋아하는 탓인가보다. 산조는 전곡을 다 하려면 삼십분 내지 사십분이 걸리기 때문에 준은 여학생들에게 폐가 될까해서

"학생들 먼저 보아주시지요, 저는 기다리겠습니다."
하고 말했다.

"괜찮아요."
하며 여학생들은 김선생 곁으로 더 다가앉는다.

"학교 안 가고 어찌 왔어?"
김선생은 겨우 얼굴빛이 제대로 돌아왔다.

"중간시험이에요."

"우등생들이니께."
김선생은 선량하게 웃고 줄을 골랐다.

그의 음악은 더욱 그 경지에 달했다는 느낌이다. 산조 한바탕이 끝나자

"감사합니다."
하고 준은 엎드려 절을 했다.

박수를 치는 것은 이 유유하고 웅장한 분위기에 맞지 않을 것 같았다. 김선생은 음악이론은 전혀 몰랐다. 학교교육도 겨우 초등학교 삼학년 정도이다. 아버지가 광대였기 때문에, 가

난한 그는 그 가업을 이어받는 수밖에 딴 재주는 없었다. 그는 속에서 우러나는 것을 손가락으로 타면 그것이 그대로 음악이 되어 나오는 듯했다. 김선생만큼 선천적 재질을 타고난 사람은 지금의 한국 악단에는 양악 국악을 통틀어도 없다고 준은 생각하고 있었다.

"요새 새로 작곡한 게 있는디."

그는 가야금을 다시 타기 시작했다. 준은 새것이라는 말에 흥미를 느꼈으나, 음악이 진행됨에 따라 깜짝 놀라며 김선생을 보았다. 그리고 그는 김선생의 빨간 넥타이에 또 놀랐다. 언제나 눈에 띄지 않는 빛의 넥타이 둘을 가지고 여름 겨울로 나누어 쓰던 김선생이다. 빨간빛은 그에게 어울리지도 않고, 공중에 덩그렇게 매달린 것처럼 어색했다. 그의 새 곡도 어색하기 이를 데 없는 것이었다. 변했는데……

준은 미간을 모으고 참고 끝까지 들었다.

"어띠어? 현대 기분이 나지 않는개비?"

"네?"

준은 당황하여 흩어졌던 표정을 모았다.

"현대라니요?"

준은 '현대도 고전도 아니고 더욱이 선생님 것답지도 않습니다. 엉망이며 저속합니다'라는 말은 빼놓았다.

"요즘은 모두 악보다, 악보다 하여 악보로 가르치는 선생들만 찾아다니는 모양이여……"

그는 준의 눈빛을 살피듯이 보았다. 준은 방이 비어 있는 까닭을 비로소 알았다. 악보로 가르친다…… 그러니까 교수법이 과학적이고 이론적이고 현대적이라는 선전에 모두 현혹당하고 있는 것이다. 피상적인 것만 눈에 들어오는 사람들에게는 오히려 당연한 현상이다.

　"악보만 가지고 되나요?"

　준은 아까부터 차차 우울해지는 자신을 느끼고 있었다. 그는 기분을 털어내듯이 일어서서 어깨를 두어 번 출썩거렸다.

　"선생님, 감사합니다. 다음에 또 뵙지요."

　김선생은 준의 뒤를 따라나왔다.

　"나도 악보를 만들고 있는디……"

　"네?"

　"콩나물대가리 말이여. 학생들이 자꾸만 줄어드닝게 어떻게든 해보아야겠어서 말이여."

　산조같이 미분음(微分音)이 많은 것을 재래의 음부(音符)로 완전히 나타내기는 불가능하다.

　"몰라서 공연히 몰려가는 거겠지요."

　그는 무엇인가 더 말이 나올 것 같았으나 잠자코 대문 밖으로 나와버렸다.

　밖은 빗방울이 잘게 뿌려지고 있었다. 그는 택시도 세우지 않고 빗속을 천천히 걸어갔다.

　'학생들이 자꾸만 줄어드닝게……' 하던 김선생의 말을 준은 생각하고 있었다. 그가 사교춤을 시작한 것도, 어색한 그 새 곡을 만들어본 것도, 행여 그것이 현대의 의미인가 하는 것이 아닐까? 그리고 그것은 학생 하나라도 더 가져야 하는 절실한 생활문제와 결부되어 있기 때문이 아닐까? 준의 고개가 스스로 땅으로 숙어졌다. 그는 한숨을 뜨겁게 토해내고 있었다.

사나흘 비가 계속하더니 눈이 오기 시작했다. 준의 작곡은 진전이 없었다. 그는 텅 빈 머리로 학교에 가서 강의만 했다.

일요일에 준은 전날 가야금을 타준 인사로 저녁대접이나 할까 하고 눈 속을 우산을 쓰고 김선생을 찾아갔다. 그러나 문패는 벌써 딴 이름으로 바뀌어 있었다. 김선생이 또 여자가 싫어진 모양이다. 준이 얼른 발길을 돌리지 못하고 있는데, 대문이 삐걱 열리더니 댓살 된 듯한 사내아이가 나무판 하나를 들고 나와서 다짜고짜 문앞에서부터 쌓인 눈을 걷어올리기 시작했다. 힘이 드는지 끙끙 소리를 낸다. 눈사람을 만들려는 모양이다. '물어봐도 알 리는 없겠지……' 준은 그냥 돌아섰다.

저녁을 먹다가 준은 전화를 받았다. 김선생이다.

"꼭 만나서 할말이 있는디……"

"네."

"향이라는 다방으로 할까?"

"네? 선생님도 다방엘 다 가십니까?"

"헛헛, 한번 가보지. 헛헛."

김선생은 공연히 너털웃음을 쳤다.

준은 구석자리에 혼자 앉아 있는 김선생을 이내 발견해냈다.

"무엇 드실까요?"

"아무것이나 시켜놓지."

준은 인삼차하고 커피를 시켰다. 김선생은 잠자코 창밖의 눈만 보고 있다. 그 옆얼굴을 보자 준은 놀랐다. 그는 너무나 여위어 있었다. 툭 불그러진 광대뼈 밑으로 팬 볼보다도 속으로 무엇인가 커다란 것이 팍 허물어진 것 같다.

"선생님, 아까 제가 댁에 갔었는데요."

"헛헛, 여자가 달아나버렸어. 전셋돈 몽땅 빼가지고 말이여. 헛헛."

그는 웃었다. 그러나 입술은 우는 듯이 일그러지며 떨렸다. 돈 없고 늙은 김선생이 이제 더 필요가 없었던가? 그 여자도 어쩌면 악보를 가지고 가르친다는 젊은 사람에게로 달아났는지도 모른다.

"그러면 지금 어디에 계십니까?"

"여관에 있지."

준은 조금 망설이다가

"어떨까요, 선생님. 여관비 같은 것 제가 보아드리고 싶은데요?"

했다. 돈 얘기는 대뜸 해버리는 것이 피차 어색하지 않으리라고 준은 생각했다.

"아니, 아니, 그래서 보자고 한 건 아니여. 실은, 저……"

김선생은 테이블 위에 있던 큰 봉투에서 오선지로 된 노트 한권을 꺼내어 준에게로 밀었다. 준은 그것을 들어 펼쳐보고 난처한 듯이 고개를 한번 꼬았다. 가야금곡을 악보로 한 모양인데, 고음부 기호가 서툰 솜씨로 이상하게 삐뚤어져 있다. 음부들은 무엇을 채보한 것인지, 작곡한 것인지 짐작할 수가 없다. 준은 노트를 덮고 창밖을 보았다. 창밖은 함박눈이다.

"어띠어?"

김선생이 물었다.

준은 망설이다가

"좀 생각해보겠습니다."

했다. 무거운 침묵이 흘렀다. 둘은 제각기 내리쏟아지는 창밖의 눈을 보고 있었다. 조금 후에 준은 이렇게 말했다.

"기다려보십시다, 선생님."

준은 원이 말하는 것처럼, 나 외의 것은 안된다는 것을 새삼스럽게 느끼고 있었다. 새롭게 다가오는 현실 속에서 당황하지 말고 자기 자신을 찾아낼 때까지 기다리셨으면 하는 마음이 간절했다.

그러나 김선생은 기다리라는 것을 어떻게 알아들었는지,

"안 올 거여."

했다. 달아난 여자를 기다리라는 줄 안 모양이다. 그의 목소리가 힘없이 쓸쓸하다. 그토록 싫다던 여자이나, 이제는 그나마 아쉬운 형편인지? 준은 구태여 딴 뜻이었다고 변명하지 않왔다.

　둘은 누가 먼저랄 것도 없이 자리에서 일어섰다. 한길은 한산했다. 밤도 꽤 늦은 모양이다. 함박눈이 더욱 세게 내리고 있다. 준은 말했다.

　"어디로 가십니까? 모셔다드리지요."

　"아니, 고만두어, 고만두라닝께."

　김선생은 끝내 거절하고 돌아섰다.

　그의 약간 굽어진 허리에 우산이 무거운 듯했다.

　눈 속으로 김선생은 멀리 사라져갔다. 준은 그제야 손을 들어 택시를 세웠다.

장마

나흘째 비가 쏟아지더니, 내가 넘어서 논밭이 모두 흙탕물에 뒤덮여버렸다. 앞으로 사흘만 이대로 비가 계속된다면 태식의 집도 홍수에 휩쓸릴 것 같다. 태식은 툇마루에 서서 윗마을이 홍수에 떠내려가는 것을 보고 있다. 흙탕물 위를 초가지붕이 둥둥 떠간다. 벌레먹은 나무기둥도 떠간다. 모두 같은 방향으로 세차게 굽이치며 흘러간다. 농짝, 문짝, 나무 솥뚜껑……

　태식은 아무 말 없이 그것들을 보고만 있다. 부뚜막에 앉아서 태식의 뒷모습을 바라보고만 있는 새댁도 말이 없다.

　그들은 엊저녁에 첫날밤을 지낸 사이였다. 아침도 함께 먹었으나 새댁은 아직까지 한번도 남편을 정면으로 본 일이 없다. 그녀는 부끄러워서 남편을 볼 수가 없었다. 태식도 부끄러워서인지 통 말이 없다. 밥 먹을 때 그는 제 밥을 듬뿍 숟갈로 퍼서 두 번 새댁의 밥그릇에 보태어주었을 뿐이다. 두 술을 주어야만 정든다는 말을 생각하고 새댁은 뺨이 화끈 달았다.

쥐가 댓 마리 우 몰려서 부엌에서 툇마루로 달려갔다가 기둥에 기어오르더니 다시 툇마루 밑으로 찍쩍거리며 부산하게 달음질을 친다. 홍수에는 쥐가 가장 예민하다고 한다. 물이 쥐구멍을 막는 탓이리라.

새댁은 집이 홍수에 휩쓸릴지 모른다는 불안도 없었다. 그녀는 부뚜막에 앉은 채 남편을 관찰하기에 골똘하고 있다.

결혼하기 전에 그들은 꼭 한번 만나본 일이 있으나, 새댁은 태식의 발만 보고 있었다. 엊저녁에도 새댁은 남편을 보지 못했다. 때문에 새댁은 함께 한밤을 보냈으나 남편이 어떻게 생겼는지 모른다. 키는 중이고 건장한 몸집임은 짐작할 수 있으나 눈이 어떻고, 코가 어떻게 생겼는지는 모르는 것이다. 중매 노인의 말에 따르면, 어떻든 그만큼 '사나이답게' 생긴 남자도 보기 드물 것이라 했다.

태식은 어릴 때부터 윗마을 이지주 댁의 머슴으로 있었다. 부지런하고 곧아서, 주인이 각별히 아껴주었다. 새댁은 살결이 검고, 예쁜 편은 아니나, 마을 남자들이 그녀의 젖은 듯한 검은 눈만 보면, 왠지 몸이 째릿하고 숨이 턱 막힐 것 같다는 말을 하던 처녀였다.

그들의 혼인은 말이 있은 지 열흘 만에 간단히 성사되어버렸다. 태식은 새댁을 본 일은 없었으나 고를 것 없이 첫번째의 통혼이니 한다는 것이었고 새댁은 집이 어려워서 하나라도 식구를 빨리 덜어야 하는 급한 사정에서였다.

태식의 주인은

"아따 그놈, 끔찍이도 장가가고 싶었던 모양이구나."

하고 웃었다. 주인집 산지기가 살던 초가 한칸 방에 주인은 부랴부랴 신문지로 도배를 해주었다.

비가 쏟아져서 혼인식인데도 별다른 음식도 못하고, 태식과 새댁은 주인집 대청에서 상에 떡 한 접시, 쌀밥 두 그릇, 국 두 그릇을 올려놓고 맞절을 두 번씩 했을 뿐이다. 손님도 없었다. 그래도 태식은 좋아서 어쩔 줄을 모르는 것 같았다.

새댁은 혼수라고는 넝마 한조각도 없었다. 식이 끝나자 태식은 솥에 숟갈 둘, 젓갈 네 자루, 밥그릇 둘, 고추장 한 깡통, 간장 한 깡통을 넣고, 그것을 등에 지고 산을 넘어서 산지기가 살던 초가로 갔다.

새댁은 주인집에서 준 유일한 침구인 모포 두 장과 베개 하나를 똘똘 뭉쳐서 머리에 이고 주인집의 우산 하나를 중매 노인과 함께 쓰고 새 집으로 온 것이다.

빗줄기가 조금 가늘어진 듯하더니 다시금 후닥닥 쏴 하고 퍼붓기 시작했다. 그 빗소리에 새댁은 흠칫 놀랐다가 홀로 미

소를 짓는다. 그녀는 놀란 것을 남편에게 들키지 않아서 다행
이라고 여겼다.

천장에서 노래기가 한 마리 부엌 바닥에 뚝 떨어지더니 흰
뱃가죽을 홀렁 뒤집는다. 그놈이 수십개나 되는 발로 다시 지
꺽지꺽 기어가려고 할 때 새댁은 신발로 꽉 눌러서 죽여버렸
다. 그러나 또 한 마리가 새댁의 어깨에 뚝 떨어진다. 그녀는
그것을 손으로 털어내려 역시 꽉 밟아버린다. 날이 습하니까
지붕의 짚 사이에 노래기가 우글우글하다.

한여름 내내 매미소리 한번 먼 귀띔으로라도 들을 수 없는
벌거숭이산이고 보니, 물의 피해는 맡아놓은 고장이기는 하
나, 숲이 없는 탓으로 뱀이 없는 것만은 천만다행이다. 물에
못 견디면 뱀은 사람에게 감기기가 일쑤다. 때문에 홍수도 무
서우나 한층 더 두려운 것은 홍수 때의 뱀이다.

'뱀 없는 것만도 다행이다' 하고 새댁은 생각한다.

쥐가 댓 마리 우 몰려서 찍짹거리며 부엌에서 툇마루 아래
로 달음질을 쳤다.

새댁은 툇마루 끝에 버티고 선 남편의 굵직한 검은 정강이
를 보니 왠지 든든하다. 그녀는 엊저녁을 생각하고 얼굴을 붉
히고 오늘밤을 생각하고 수줍음에 가슴이 뛴다.

세차게 흐르는 홍수에는 아까보다도 떠내리는 물건이 훨씬
많아졌다. 장독이 떠가다가 흙탕물 속으로 푹 가라앉는다. 옷
보따리, 베개, 갈퀴, 냄비, 양은솥이 뒤집힌 채 떠내려간다.

태식이 가지고 싶은 것만이 유독 그의 눈에 띄는지도 모른다. 태식은 눈을 점점 더 크게 뜨고 상류로부터 하류로 시선을 옮기고, 그의 시선이 좇는 대상물이 보이지 않게 되면 다시금 상류로 눈을 돌린다.

허여멀건 것이 떠내려왔다. 그 뒤에 울긋불긋한 것도 보인다. 이불하고 요다. 새끼로 동여맨 것이 풀어졌는지 언저리에 새끼가 너절하게 흩어져서 떠내린다. 이불과 요! 이불과 요. 태식은 마음속으로 몇번이나 이 말을 되풀이해본다. 이불과 요. 그것은 참으로 그에게 필요한 것이었다. 이불과 요는 차츰 태식의 집 앞으로 흘러온다. 태식의 커다란 눈에 빛이 번쩍였다. 그는 고개를 획 돌려서 새댁을 보았다. 그 찰나, 새댁의 젖은 듯한 검은 눈이 그의 시선과 마주쳤다. 태식의 몸이 째릿하고 재렸다. 새댁은 두 손으로 얼굴을 가렸다. 새댁의 얼굴이 불덩이처럼 탔다. 새댁은 지금 처음으로 남편의 시선과 마주친 것이다.

이불과 요. 태식은 이불과 요가 서로 가까워졌다 멀어졌다 하며 하류로 멀리 사라지자 다시금 상류로 눈을 돌렸다.

새댁은 부끄러움에 깜빡 숨이 막힐 것 같았으나 이번에는 한층 대담히 남편의 뒷모습을 바라볼 수 있었다. 그리고 입속으로 말해본다.

"내 서방님……"

그때 갑자기

"히―"

하고 태식이 괴상한 외마디소리를 지르더니 쿵 소리를 내며 툇마루에서 뛰어내려 빗속을 달음질친다. 새댁은 깜짝 놀라 벌떡 일어섰다. 태식은 불과 열 걸음도 뛰기 전에 흙탕물 속으로 풍덩 뛰어들어갔다. 새댁은 툇마루 끝에서

"여보!"

하고 불렀으나, 그것은 말로 되어 나오지 않았다. 그녀는 어떡할까 어떡할까 하고 가슴만 쥔다.

쏴― 하고 빗줄기가 다시 퍼붓기 시작했다.

태식은 순식간에 물 한가운데까지 헤엄쳐가서, 서너 칸 남짓한 돼지우리를 붙들고 있다. 새댁은 비로소 남편의 행동을 이해했다. 차차 돼지 새끼 한 마리를 줄 테니 먹여보라고 하던 태식의 주인의 말이 생각났다.

새끼 돼지는 여섯 달이면 새끼를 낳는다. 한번에 대여섯 마리를 낳기도 한다. 그것들이 반년이면 또 새끼를 낳는다. 암놈은 두고 수놈은 판다. 암놈은 두고 수놈은…… 적어도 만 환에서 만 오천 환으로 나간다. 뿐 아니다. 돼지의 거름은 비료 중에서도 가장 좋은 것이다. 내 논에는 돼지거름만 주어야지, 돼지거름만! 그러나 태식은 돼지우리를 장만할 수 없었다. 웬만큼 튼튼한 것이 아니면 돼지가 밖으로 뛰어나간다. 밖으로 나가다니? 안되지, 안되어! 잃어버리면, 애초 없는 것만도 못해! 태식은 돼지우리의 한모퉁이를 움켜쥐고 기슭으로 끌기

시작했다. 물살이 세서 우리는 끌어도 도로 내려간다.

우리는 두 자 남짓한 단단한 나무토막으로 되어 있다. 그 나무토막을 철사가 잇고 있다. 게다가 넓이가 서너 칸 남짓하니 돼지 열 마리는 넉넉히 기를 것 같았다. 우리로서는 다시없이 좋은 것이었다.

"이눔, 이눔."

하며 태식은 있는 힘을 다 짜내어 기슭으로 끌었다. 태식의 머리에서 빗물이 줄줄 흘러내렸다. 눈과 코에 마구 흐르는 빗물을 태식은 굵직한 손등으로 쓱쓱 닦아내었다.

물이 허리까지 찬다. 빗발이 세서 흙탕물의 수면은 들끓고 있다. 어쩌다가 파도가 밀리는 통에 우리가 저절로 기슭에 올라간다. 태식은

"허이— 이."

하고 홀로 환성을 올리며 기슭으로 뛰어올라 우리를 끌었다. 그러나 다시 물결이 밀렸다가 나가는 통에 우리는 흙탕물 속으로 스르르 미끄러져 들어간다.

"어, 어, 이눔이, 이눔이."

하고 태식은 당황하며 우리를 잡았다. 우리는 덥석 한번 물결을 타더니 세차게 흐르기 시작한다. 태식도 우리와 함께 떠내려갔다. 태식은 우리를 놓을 수도 잡을 수도 없게 되었다. 놓으면 물이 깊어서 익사할지도 모르는 일이었다. 그러나 잡고 있으려니까 어디까지 떠내려갈지 막연하고 기막혔다.

태식은 살려달라고 고함을 치려고 했으나, 그것은 헛수고임을 알았다. 기슭에는 인가도 없고 빗속에 나다니는 사람도 없다. 태식의 집도 보이지 않는다.

태식은 혹시 뗏목이 없을까 하고 물 위를 두리번거려보았다. 뗏목은 홍수 때 한몫보는 일이 많았다. 물건을 건져두었다가 팔아서 곧잘 사는 사람도 있었다.

빗발이 가늘어져서 강 위는 훤히 보이나, 뗏목은 보이지 않았다.

우리는 세차게 굽이치며 떠내려갔다. 우리가 물살에 굽이칠 때마다 태식은 흙탕물을 머리로부터 뒤집어썼다. 그럴 때면 태식은 흙탕물이 들어갈까봐 눈을 질끈 감고 입을 꽉 다물었다. 우리가 잠잠해지면 비가 얼굴의 흙탕물을 씻어내렸다. 그렇게 하여 얼마를 표류했는지 모른다. 기슭에 있는 얕은 산들도 도무지 눈에 익지 않다. 태식은 자신이 어디쯤에 있는지조차 몰랐다. 그는 차차 불안해졌다.

태식은 이제 돼지우리를 생각할 여유는 조금도 없다. 어서 기슭으로 올라가서 집으로 가야겠다는 생각뿐이다. 물은 가슴까지 찼다. 태식의 피부에 소름이 쭉 끼쳤다. 태식은 무엇보다 추워지는 것이 곤란한 일이었다. 떨리면 헤엄칠 수가 없기 때문이다. 그는 이제 초조해졌다. 다시금 물 위를 두루 살폈다. 그는 고개를 한번 돌리고는

"어이, 사람 살려—"

하고 소리쳤다. 그의 눈에서 광채가 번득였다. 불과 오십 미터도 안되는 곳에 뗏목이 보였기 때문이다. 남자 둘이 타고 있다.

뗏목은 태식의 소리를 듣고도 모른 체하는지 못 들었는지, 태식을 구하려는 눈치가 없다. 뗏목은 사람에게 냉정하다는 말을 들어 태식은 분개했다. 아무리 돈이 좋기로서니 사람을 구하지 않는다니! 태식은

"어이(이 염병해서 고꾸라질 놈들아), 사람 살려!"

하고 소리치며 돼지우리를 놓고 뗏목 쪽으로 헤엄쳐갔다. 물결을 거슬러오르기 때문에 헤엄치는 데 여간 힘이 들지 않는다. 흙탕물이 눈으로, 귀로, 코로 사정없이 들어온다. 태식은 코를 풀고, 고개를 들고 헤엄쳐갔다.

한참 헤엄치다보니 뗏목은 도리어 하류 쪽으로 내려가고 있다. 태식은 화가 바짝 치밀었다. 그는 뗏목만 붙들면 거기에 탄 두 놈을 당장에 물속에 거꾸로 집어넣을 테니 두고보라고 단단히 마음먹었다. 태식은 뗏목을 향해 도로 물결을 타고 내려가는데, 물에 파묻혀서 위만 조금 남은 둑이 보였다. 태식은 그 위에 올라섰다. 물에서 나오니까 살 것 같았다. 그는 두 손을 벌리고 몇번이나 심호흡을 했다. 팔도 흔들어보고, 고개도 돌리고 허리도 굽히며 운동을 했다. 둑이 홍수의 한가운데쯤 있으니 홍수진 강폭이 내의 두 배는 되는 성싶다.

빗줄기는 한결 가늘어졌다. 태식은 뗏목을 향해 다시 소리쳤다.

"사람 살려(이 물귀신에 잡혀갈 놈들아), 사람 살려—"

그러나 뗏목에서는 아무런 반응도 없다. 뗏목에 탄 사람이 갈퀴 같은 것으로 물 위의 무엇을 건지고 있다.

"사람 살려—"

태식은 분해서 숨이 막힐 것 같았다.

빗발이 굵어지더니 쏴 하고 퍼붓기 시작한다. 그러자 태식의 발밑의 둑이 우르르 무너지며 물속으로 꺼져버렸다. 태식은 깜짝 놀라 헤엄치기 시작했다. 눈겨냥으로 재어보니 기슭보다는 뗏목이 훨씬 가깝다.

태식은 맹렬히 헤엄을 쳤다. 그는 기어이 뗏목을 붙들고 말았다. 뗏목 위의 사람이 놀라며 그를 잡아올려준다.

"어, 이 웬일이여? 이영감 댁의 새신랑 아니여?"

하며 또 한 남자가 태식에게 다가온다. 태식은 그들이 누구인지 모른다. 아마도 윗마을 사람들인 것 같다.

태식은 아무 말도 없이 심호흡을 몇번 하고는 뗏목에 누워버렸다. 기진맥진해버린 것이다. 그는 뗏목만 붙들면 거기에 있는 사람을 물속에 거꾸로 집어넣겠다던 생각이 까맣게 없어졌다.

태식은 한참 동안 눈을 감고 누웠다가 일어났다. 일어나서 몸을 살펴보았다. 윗옷은 오른편 소매만 어깨에 붙어 있고 나머지 부분은 어디로 갔는지 없다. 물살에 찢겨 흘러간 모양이다. 바지 역시 한가지다. 몸에 붙어 있는 것은 가죽 혁대와 혁

대 근처에 떨어져나간 바지의 남은 헝겊이 나불나불 달려 있
을 뿐이다. 그는 전연 벌거숭이였다.

뗏목에는 솥, 냄비, 괭이, 삽 같은 것이 건져져 있다. 그러나
태식의 몸을 가릴 만한 것은 없다. 태식은

"여기가 어디메쯤 되오?"

하고 물었다. 한 사람이

"당 고을 조금 지났어."

한다. 그렇다면 태식의 집과 얼마 안 떨어진 셈이다. 그러고
보니 기슭의 산이 바로 그의 집이 있는 산임을 짐작할 수 있었
다. 태식은 지금 그 산의 남쪽에 있고 그의 집은 산 고개 너머
에 있는 것이다. 태식은 조금 마음이 놓였다.

날이 어둑하다. 저녁때도 넘은 것 같다. 태식은 거의 반나절
을 물에서 보낸 셈이다.

"그런데 어저께가 날 잡은 날이라는데, 장개는 갔어?"

하고 뗏목 사람이 태식에게 묻는다.

"야."

하고 태식이 대답했다.

"비가 오는디?"

"야."

뗏목은 기슭에 가까워갔다. 태식을 내려주고 그들은 좀더
일을 한다고 했다.

뗏목이 거의 기슭에 가까워갔을 때 태식은 흙탕물 속으로

232

풍덩 뛰어들었다. 아까 그 돼지우리가 기슭에 걸려 있는 것을 보았기 때문이다. 그의 얼굴에 기쁜 빛이 가득 퍼졌다.

"고마워유."

태식은 놀라서 눈만 휘둥그렇게 뜨고 있는 뗏목 사람들에게 한마디를 던지고 기슭으로 뛰어올라갔다.

그는 돼지우리를 끌었다. 우리는 물에 젖어서 여간 무겁지 않다. 그대로는 도저히 집까지 끌고 갈 수 없을 것 같았다.

그는 나무토막을 잇고 있는 철사의 마디를 찾았다. 철사를 푸니까 돼지우리는 이내 부서졌다. 그는 나무토막을 가지런히 쌓고 철사로 동였다. 무겁기는 하나, 운반하기 쉽게 되었다. 태식은 벌거벗은 채 그것을 끌며 집으로 향했다. 그러나 그는 추워서 견딜 수가 없었다. 빗줄기는 가늘지만 반나절을 물속에서 언 몸에는 얼음같이 차다. 비가 다시금 쏴 하고 쏟아지더니 태식의 몸의 흙탕물을 깨끗이 씻어내린다.

태식을 보자, 툇마루 끝에서 홍수만 보고 섰던 새댁이 눈물을 확 쏟는다. 얼마나 울었는지 눈등이 부어 있다. 태식은 새댁을 보고 웃으려 했으나 그만 방바닥에 쓰러져버렸다.

태식의 전신이 와들와들 떨렸다. 새댁은 모포를 깔고 또하나의 모포로 태식을 덮어주었다. 그러나 태식은 여전히 떨었다. 더이상 덮어줄 것이 없었다. 새댁은 울고 싶었다. 방에 불을 때려고 해도 땔 것이 모두 젖어서 타지 않는다. 새댁은 도로 방으로 들어갔다.

모포가 들썩거렸다. 태식이 몹시 떨고 있는 것이다. 태식은 아무것도 모르는 것 같았다. 어떻게 하면 춥지 않게 해줄까 하고 새댁은 가슴을 조였다. 새댁은 남편의 손을 잡아보았다. 부끄러운 것 같았으나 하는 수 없었다. 손이 싸늘했다. 그녀는 깜짝 놀라 태식의 손을 비벼주며, 몸을 남편 몸에 바싹 대었다. 그녀의 가슴이 조금 두근거렸다. 그녀는 체온으로 추위를 덜어줄까 하고 생각한 것이다. 그러나 태식은 점점 더 떨었다.

새댁은 당황하여 손으로 태식의 몸을 여기저기 마구 쓸기만 하다가 저고리를 벗고 남편의 가슴에 몸을 대어주었다. 남편은 그래도 떨었다. 새댁은 초조해졌다. 그녀는 치마도 벗고 속옷도 벗었다. 새댁은 이제 부끄러움을 느낄 겨를이 없었다. 어떻게 해서든지 남편을 따뜻하게 해주어야겠다는 생각뿐이었다. 새댁은 벗은 몸을 남편의 언 살에 밀착했다.

새댁은 온몸으로 태식의 몸을 포근히 쌌다. 꽁꽁 언 어깨와 팔꿈치와 무릎은 겨드랑이와 오금으로 싸주었다. 새댁은 태식의 새파란 입술에 입술을 갖다대었다.

태식의 입술은 얼음같이 차다. 태식은 눈을 감은 채 인사불성이었다. 태식의 입에 입을 대고 있노라니까 그의 인중이 빳빳이 굳어가는 것을 새댁은 느꼈다. 새댁은 깜짝 놀랐다. 사람이 죽을 때는 인중이 굳어진다는 말을 들은 적이 있기 때문이다. 새댁은 남편의 인중이 굳지 않도록 인중과 콧날을 빨기 시작했다. 그리고 한편, 손으로 남편의 몸을 쓸었다. 그녀는 그녀의 몸 외에는 남편을 위한 다른 아무런 수단이 없다. 약도 없고 불도 없고 이불도 없었다. 도움을 청할 이웃도 없었다.

한밤중이었다. 비는 부슬부슬 내리고 있다.

'죽지 말아유, 죽지 말아유.'

새댁은 속으로 말했다. 눈물이 그녀의 젖은 듯한 검은 눈에 하나 가득 고였다.

새댁은 팔이 떨어져나갈 듯이 아팠다. 입술도 아팠다. 그러나 그녀는 빨기를 멈추지 않았다.

이윽고 태식의 몸이 더워지기 시작했다. 그리고 점점 뜨거워갔다. 나중에는 불덩이처럼 끓었다. 태식은 무엇인지 자꾸만 헛소리를 했다. 그의 입술이 바지직바지직 탔다. 새댁은 이제 그의 입술을 빨았다. 태식의 입술은 고열에 자칫하면 말라버리려고 한다.

비는 밤새도록 그치지 않았다.

날이 샐 무렵에 비로소 태식의 열이 내렸다. 새댁은 미음을 끓였다. 태식은 얼굴을 씻었다. 하룻밤 사이에 그의 얼굴은 축이 났으나 여전히 씩씩했다.

새댁은 그 얼굴을 사랑스러운 듯이 보았다. 태식은 씩 웃고 밥상에 앉았다.

쏴 하고 비가 퍼붓기 시작했다.

천장에서 노래기 한 마리가 상 위의 간장에 뚝 떨어졌다. 남편이 먹기도 전에. 새댁은 울상이 되었다.

태식은 굵직한 손가락으로 간장종지에서 노래기를 집어 방 밖으로 휙 내던진다. 그리고 그 간장을 미음에 쭉 붓고 한 그릇을 단숨에 마셔버렸다.

태식은 밥상을 들어서 툇마루에 내놓고, 일어서려는 새댁의 치마를 불끈 잡고 끈다. 새댁의 그 젖은 듯한 검은 눈이 활활 타며 태식의 눈에 감기고 입술에 감긴다. 태식은 숨이 턱 막히는 것 같다.

쥐가 댓 마리 우 몰려서 방으로 들어와 태식의 등 위를 지나서 들창문 밖으로 주르르 달음질쳤다.

비가 다시금 쏴 하고 쏟아진다.

노파와
고양이

바람에 몰려서 빗발이 쏴쏴 하고 소리를 치며 창유리에 흩어진다. 방 안에는 벌써 어둠이 깃들었다.

"겨울에 눈은 안 오고, 비는 무슨 비야! 밤새 오고 또 진종일 퍼부으니, 어어."

그녀는 보료 밑으로 파고들어가며 진저리치듯이 머리를 내흔든다. 온몸이 축축하고 찌뿌드드하다. 까닭도 없이 기분이 좋지 않다. 할일도 없다. 손등으로 쪼글쪼글한 가죽이 축 늘어진 눈등을 쓱 훑는다. 촉감이 꺼칠하다. 그녀는 몸을 일으켰다. 끙! 하고 목에서 저절로 힘주는 소리가 난다. 그런 간단한 동작을 하는데도 여간 힘이 들지 않는 것이다.

그녀는 머릿장 문을 연다. 그것은 그녀가 시집올 때 가지고 온 것이다. 자개가 떨어져서 군데군데 검은 나무 바탕이 드러나 보이기는 하나 아직도 화려한 머릿장이다. 그녀 어머니의 유물이다. 그 속에 쌓은 옷갈피 사이에 그녀 어머니는 푼푼이 엽전을 모아두었다. 그녀 아버지 몰래 찬거리를 절약하며 모은 것이었다. 그 돈으로 그녀 어머니는 그녀에게 박래품 가루분이나 값진 비단댕기 같은 것을 곧잘 사주곤 했다. 지금은 그 속에는 옷도 돈도 없고, 엿이나 인절미 같은 물렁한 간식감만이 들어 있다.

그녀는 자그마한 항아리를 꺼내었다. 둘째손가락을 푹 찔러 넣어서 물렁하게 고아진 엿을 코 위까지 추켜올린 다음 길게 내민 혓바닥으로 운반한다. 찌익 하고 늘어진 엿이 툭 잘려서 도로 스르르 항아리 속으로 미끄러져 내려간다. 그녀의 엉덩이에 등을 딱 붙인 채 자고 있던 누런 늙은 고양이가

"이야—옹."

하고 기지개를 켜며 길게 울더니 다시금 그녀의 엉덩이에 등을 붙이고 눈을 감는다.

"오오냐."

하고 그녀는 우물거리던 입속의 엿을 꿀꺽 삼키고 나서 말한다. 그 까칠하고 윤기없는 소리가 고양이 소리와 거의 흡사하다. 그러나 그녀는 고양이에게 엿은 주지 않는다.

고양이는 그녀의 단 하나의 벗이다. 늙은 육체의 소유자인 그들은 한방에서 기거했다. 아들도, 며느리도, 손녀도, 손자

도, 부엌사람도 그녀와 이렇다할 말을 나누지 않았다. 혹 몇마디 오가면 거의가 귀찮은 듯이 눈살을 찌푸렸다. 그래서인지 그녀는 마치 사람에게 하는 것처럼 고양이에게 말을 했다.

고양이도 새끼를 많이 낳았으나, 며느리의 학교 때 친구니 계 친구니 하는 젊은이들이 서로 다투어 뺏어가고, 때로 남겨둔 것이 있어도 제 힘으로 먹을 것을 찾을 만하면 어디론지 달아나버려서 남은 것은 한 마리도 없다.

엿항아리를 머릿장 속에 도로 넣고 그녀는 방을 나섰다.

옆방이 식모의 방이다. 까닭도 없이 들여다보고 싶다. 문이 얼른 열리지 않는다. 안에서 잠갔나? 그렇다면 왜? 대낮에 잠글 까닭이 있을까? 남자라도 찾아온 것인가? 그녀는 궁금증이 왈칵 치민다. 그녀는 문 손잡이를 필사적으로 좌우로 비튼다. 그러는 통에 어쩌다가 문이 왈칵 열려서, 하마터면 앞으로 고꾸라질 뻔했다. 눈에서 불이 번쩍 나는 것 같다. 그러나 문이 열리는 소리나 문지방에 발이 걸렸을 때 천장까지 들썩하고 울리던 소리에 비하면, 그녀는 조금도 놀라지 않은 셈이다. 하루에도 그런 일이 한두 번이 아니기 때문인지도 모른다.

그녀는 허리가 한아름이 넘도록 비대하다. 게다가 발의 감각이 둔해져서인지 디뎌도 안 디딘 것 같아서 다시 한번 꽝! 하고 내디디다가 넘어지는 일이 예사이다. 그리하여 머리카락이 빠져서 반들반들해진 앞가르마 중간쯤에서 가마에 이르는 정수리 부분에는 문이나 장모서리 같은 데 부딪혀서 생긴 딱지가 두어 개쯤은 항상 붙어 있었다.

　방 안에는 식모가 김이 나는 미제 다리미로 양복을 다리고 있을 뿐이다. 그녀의 그토록 서두르던 호기심은 싹 식어버렸다. 열쩍어서 딴소리를 해본다.

　"저녁은 안하니?"

　까칠한 어성이 높다. 말할 때 쭈글쭈글한 살가죽이 늘어진 목이 위로 조금 추켜지며 가운데에 심줄이 선다.

　"저녁은 벌써 해서 무엇 해요!"

　식모는 눈을 내리깐 채 소리를 지른다. 식모는 보통 말소리로 대답해서는 그녀가 못 알아듣는 줄 잘 알고 있다.

　그뿐 아니다. 식모는 그녀가 진종일 집 안을 쏘다니는 것이 정말이지 밉살스럽고 귀찮다. 쿵쾅거리고 시끄러울뿐더러, 쭈글쭈글한 얼굴에 윤기없는 눈동자를 뽀얗게 뜨고, 흡사 고양이같이 까칠한 음성으로 엉뚱한 말을 불쑥 하는 것이 딱 질색이었다. 게다가 하루에 한번은 반드시 꽃병이나 유리창 같은 것을 깨뜨리거나 그렇지 않으면 그녀 자신의 정수리에 딱지를 붙이는 것이 이를 데 없이 보기 싫었다.

　그녀는 화장실 문을 열어본다. 이렇다할 목적은 없다. 오로지 심심하고 지루해서이다. 아무도 없다. 목욕실 문도 득 하고 열어본다. 공기가 차다. 흰 타일. 어어 춥다. 그녀는 며느리 방에 들어간다. 며느리는 없다. 비오는데 어딜 갔담! 텔레비전을 켜놓은 채 두었는지 불빛이 번쩍거린다. 그녀는 또 벌거벗은

양녀(洋女)가 춤을 추는 것인가 하고 가까이 가서 자세히 보니까, 양팔에 울퉁불퉁 알이 배긴 젊은 남자 둘이 머리통만한 장갑을 손에 끼고 웃통을 벗어붙인 채, 턱을 치고, 가슴을 치고, 가슴을 치고…… 가슴을 치고 어어…… 자빠진다, 자빠져…… 어어…… 꽝! 키가 큰 쪽이 바닥에 나자빠졌다. 스피커에서 와 하고 떠들썩한 소리가 나나, 그녀는 왜 그러는지 알지 못한다.

"지랄이야!"

그녀는 도무지 마땅치 않다. 치고박는 것도 눈에 거슬리나, 아무리 남자라 해도, 팬츠바람으로 사람들 앞에서 그게 웬 미친 짓이야! 대관절 텔레비전 자체가 마땅치 않다. 저까짓 것을 무엇 하러 사왔담. 에미의 조바위나 사지 않구! 나다니지 못한다구 아주 송장 다 된 줄 아나? 그녀는 아들이 불만이다. 텔레비전을 확 꺼버렸으면 좋으련만 그녀는 끌 줄 모른다.

그녀는 거의 한 칸 남짓한 거울이 달린 장롱을 열어본다. 거울이 열리며, 거기에 비추어졌던 경대랑, 어항이랑, 액자가 빙 돌아가는 통에 아찔하고 현기증이 나서 눈을 감고 선 채 손으로 이마를 짚는다. 장 안에는 양단 치마저고리가 오색찬란하게 죽 걸려 있다. 그녀는 자신의 회색 비단치마를 거울에 비추어본다. 그것은 그녀의 혼숫감의 하나다. 그녀의 외숙이 청국(淸國)에 사신으로 갔을 때 가지고 온 것이다. 여지껏 아껴서, 큰 나들이 때에나 입었으나 죽을 날도 멀지 않았는데 싶어서

요즈음은 집에서도 곧잘 꺼내어 입었다.

그보다도 옛날 물건이라면 무엇이든 그까짓 것 하는 며느리가, 그녀가 죽은 뒤에 이토록 귀중히 여기는 치마를 또 얼마나 천대할까 생각하니 차라리 나나 실컷 입어두자고 마음먹어서인지도 모른다.

그녀는 물론 그 치마도 머릿장과 함께 대물릴 작정이다. 요새 것과는 비할 수 없을 만치 좋은 비단이라고 그녀는 생각한다. 요새 사람들이 이런 것을 걸쳐볼 수나 있을라구? 어림도 없지! 이것은 청국에서 가져온 것인데! 하고 그녀는 자랑스럽게 여기나, 왠지 기분이 좋지 않다. 그 방 안에 있는 모든 것이 마음에 들지 않는다. 장롱도 텔레비전도 사람인지 도깨비인지 알아볼 수 없는 그림뿐 아니라 불긋불긋한 리놀륨 장판도 아예 질색이다.

그녀는 방 한가운데 서서, 이라고는 부서진 조각도 없는 빤들한 잇몸으로 아랫입술을 꼭 깨물며 가만히 생각한다. 이층에 올라갈 때가 되었을까 하고 생각해보는 것이다.

며칠 전에, 손녀 방에서 어떤 청년을 발견한 뒤로, 그녀의 온갖 신경은 모두 그 방으로만 집중되어버렸다 해도 과언이 아닐 것이다.

그 청년은 손녀의 약혼자라는 것이었다. 그는 오후면 반드시 왔다. 따라서 그녀도 점심 후로는 부쩍 이층으로 오르내렸다. 숨이 차고, 허리가 아픈 것도 그다지 개의치 않았다. 오로지 붙들어야 한다, 붙들어야 한다 하고 속으로 서둘러대는 것이다. 결혼 전의 남녀가 한방에 있다니! 하며, 그녀는 머리를 절절 내흔들었다. 안되지, 안돼! 그녀는 어떤 불순한 장면을 상상하고 속으로 펄쩍 뛰었다.

처음에는 손녀에게 무슨 실수나 있으면 어쩌나 해서 불안했다. 그러나 날이 감에 따라 호기심이 동하였다. 그러다가 차차로 반드시 그 장면을 내 손으로 잡아야만 한다는 생각에 사뭇 조바심이 났다. 젊은이들한테서 꼬리를 잡을 수 없으면 없을수록 그녀는 더욱더 초조해졌다.

언제 보나, 손녀는 피아노를 치고 있고, 청년은 책을 들고 있다. 그렇지 않으면, 테이블을 사이에 두고 서로 마주보고 앉아 있는 것이다. 손녀가 수상쩍은 옷차림을 했다거나, 청년이 당황한 눈치를 보인 적은 한번도 없었다. 나무랄 데도 트집잡을 것도 없었다. 완전했다. 그러나 그녀에게는 그 완전성이 도리어 답답하고 꺼림칙한 것이었다. 그 완전한 것 뒤에, 헤아릴 수 없을 만치 숱한 고약한 일이 밀폐되어 있는 듯만 싶었다. 그녀는 초조했다. '안돼, 안돼' 하고 속으로 뇌까렸다. 그러나 왜 안될까 하고 생각하지는 않는다. 그녀는 왜라든가 하는 따위의 사고방식은 일찍이 가져본 기억이 없다.

그저께 저녁에 밥을 먹으면서 그녀는 아들에게

"그 놈팡이는 왜 내버려두니?"

하고 말했다.

"염려 마세요!"

하고 아들은 얼굴을 찡그리며 소리를 꽥 질렀다. 그 소리가 어찌나 크던지 그녀는 머리가 떵 하고 울리는 것 같았을 뿐 무슨 말인지 알아들을 수는 없었다. 그래도 그녀는 아들이 그녀를 핀잔 준 것을 짐작했다. 만일 손녀를 야단친다면 아들의 얼굴이 손녀에게로 향해 있어야 할 것인데, 분명히 그녀 쪽을 보고 있었기 때문이다. '두고봐라' 하고 그녀는 속으로 분개했다.

너무 자주 오르내리면 도리어 기회를 주지 않는 것이 아닐까 해서, 그녀는 지금 알맞은 때를 생각하고 있는 것이다.

아까 가보았을 때도 언제나처럼 테이블을 사이에 두고 손녀와 청년은 마주보고 앉아 있었다. 아무런 얘기도 없었다. 그런데도 어딘지 아늑하고 포근한 공기가 느껴졌으며, 그녀가 모르는 비밀이 무언중에 젊은이들 사이에 오가는 것만 같았다. 그것이 그녀를 초조하게 하는 것이다.

그녀는 제 딴에는 소리없이 계단을 올라가는 것이었으나, 계단은 쿵쾅거리며 요란스레 소리를 내었다. 아랫방에 있는 식모도 그녀가 올라가는 것을 알았으니, 하물며 이층에 있는 젊은이들이야.

그녀는 계단을 올라가자마자 황급히 방문을 잡아당겼다.

새빨간 치마를 입은 손녀가 피아노 치던 손을 멈추고

"또 왜 그러세요?"

하고 툭 쏘아붙인다. 그 말이 너무 크고 재어서 그녀의 귀에는 음절이 분절되어 잘 들리지 않기 때문에, 무슨 뜻인지 알아들을 수가 없다.

"갔니?"

하고 그녀는 방 안을 휘둘러보며 말한다.

"그러문요! 아까."

손녀는 야무지게 쏜다.

방에 청년은 없다. 그녀는 맥이 확 풀리는 것 같다. 그녀는 반침문을 휙 열어본다. 없다. 이불 하나, 베개 하나뿐이다. 그녀는 이불과 요를 왈칵 잡아내렸다. 베개가 댕그르르 굴러 떨어졌다.

"아유, 할머니는 아무것도 모르면서 그런 데만 눈이 벌게……"

하고 손녀는 건반을 부서져라 두드리며 몸부림을 친다.

그러나 그녀는 이불을 도로 개어올리는 데 여념이 없어서 손녀를 도무지 보지 못한다. 피아노 소리가 요란하나, 그녀에게는 곡을 치는 소리나 홧김에 두드리는 소리나 시끄럽기는 매한가지였다.

그녀는 자신의 방에 돌아가서 따끈한 방바닥에 누웠다. 방바닥이 배겨서 등이 아프나, 일어나는 것이 성가시다. 그녀는 어쩐지 허전하고 울적하다. 틀림없으리라 여긴 일이 어긋난 탓 때문이 아니었다.

'그것이 벌써……' 하고 생각하니, 그녀는 손녀가 어느새

혼기에 이른 것이 도리어 대견하게 여겨지기도 했다. 어언 그 아들이 커서 자식을 두고, 또 그 자식이…… 남편이 있었다면 얼마나 좋아할까. 손자를 봐야지 하던 그는 죽었다. 겨울에 비가 내리고 있었다.

그녀는 이를 악물고 창가에 엎드려서 소리없이 울었다. 장독대에 쏟아지던 빗줄기…… 몇배나 자식을 낳았는지 쭈글쭈글한 뱃가죽이 축 늘어진 늙은 고양이가 어슬렁어슬렁 그 빗속을 걸어갔다. 다음날 그 고양이가 옆집 마당에 뻗어 있었다. 젖은 털이 엉긴 채 얼어붙어 있었다. 비. 비. 겨울에 무슨 빌까!

그때도 비가 내렸다. 그녀의 젊었을 때다. 남편의 시체가 바로 옆방에서 차디찼다. 그녀는 울었다.

그리고…… 그리고. 그러나 지난날은 그녀의 기억 속에 흔적만을 남길 뿐, 그때의 정감은 다시는 되살아오지 않는다.

비는 끝없이 주룩주룩 내리고 있다. 오금이랑 겨드랑이 밑까지 축축이 젖어드는 것 같다. 그녀는 몸이 찌뿌드드하고 을씨년스럽다.

축 늘어진 윤기없는 뱃가죽을 아랫목에 납작 붙인 채 자고 있던 늙은 고양이가

"이야—옹"

하고 길게 울음을 뺀다. 그 까칠한 소리가 빗속으로 질척하게 사라진다.

신화神話의
단애斷崖

새까만 거리에는 헤드라이트의 행렬이 한결 뜸해졌다.

밴드는 다시금 왈츠로 바뀌었다. 시간은 마구 흘러간다. 진영(眞英)은 별로 초조해지지도 않는다. 애당초에 댄서로 취직할 것을 잘못했다는 생각도 해본다. 그러나 한 달 동안 일을 한 연후에야 겨우 월급을 탄다는 것은 안될 말이다. 오늘 저녁을 먹고, 이 한 밤을 여관에서 자기 위한 돈이—그것도 단돈 이천 환이면 되지만—필요한데 한 달 후가 다 무엇이냐.

이대로 서 있자. 지난봄에도, 늦게 오는 손님이 있지 않았던가. 그때처럼, 한 열흘을 벌어서 또다시 반년을 살고 보자.

춥다. 추워서 옴츠러진 조그만 젖꼭지가 스웨터 위에 뾰조록이 솟아버렸다. 그뿐만은 아니다. 배도 고프다. 생각해보니,

오늘은 거의 절식 상태이다. 추위와 굶주림…… 진영은 그 속에서 여전히 생존하고 있는 스스로를 또렷이 깨닫는다.

'지금 나는 살고 있다.'

하고 그는 생각한다. '살고 있다' 하고 되씹어본다.

오층 빌딩의 창턱에서 내려다보는 서울의 밤은 아늑하고 다정스럽다.

"들어가실까요?"

누군가 어깨를 툭 친다. 돌아다보니 해말쑥한 청년이 웃고 서 있다.

홀에는 자욱한 담배 연기 속에 샹들리에가 희미하다. 그 속에서 밴드는 흐르고, 춤꾼들은 마시고, 웃고, 떠들고 있다. 초만원이라 채 몇 발자국 떼기 전에, 다른 쌍과 부딪쳐버린다.

리드는 서툴고 맘보는 재미없었다. 그래도 진영은 밴드에 맞추어서 열심히 춤을 추었다. 그렇게 해서 추위나 덜어볼까 하는 속셈이었다. 홀드는 차츰 가까워졌다. 술냄새가 진영의 얼굴에 확 끼친다. 뺨에 남자의 수염이 까칠까칠 닿는다. 귀찮다. 팁은 얼마나 주려나.

"기피자를 적발해야 할 텐데요."

청년은 술 때문에 조금 혀꼬부랑 소리다.

"왜요?"

"직업상……"

"직업?"

"난, 형사야."

"그러세요?"

진영의 말끝은 힘없이 흐려진다. 그처럼 어린 형사에게 돈이 있을 것 같지 않기 때문이다.

'기껏, 하나 잡았나 했더니……'

짜장 구슬픈 블루스보다도, 진영의 스텝은 맥이 없다.

카네이션 꽃잎 지던 밤……

스테이지에서는 가수가 앞가슴을 허옇게 드러낸 채 노래를 부르고 있다.

"나도 기피자인데, 남을 잡으려니 양심이 찔리지만, 그렇다고, 이대로 있으면 내 목이 달아나고."

추억에 울던……

"내일까지는, 꼭 하나 적발해야 할 텐데…… 자, 그러고 보니, 모조리 기피자 같기도 하고, 또 아닌 것 같기도 하고, 후유."

남자가 풍기는 술냄새는 견딜 수가 없다. 진영은 스텝을 밟으며 무턱대고

"저기 있지 않아요? 기피자."

하고 소리쳤다. 형사는 진영의 뺨에 비벼대고 있던 얼굴을 번쩍 들며

"어디?"

한다. 진영은 턱으로 아무 데로나 가리켜보았다.

"저一기."

마침 저편에서 키 큰 청년이 깨끗한 뒤통수를 이쪽으로 보인 채, 멋있게 턴을 하고 있었다.

"정말?"

"으응."

진영은 긍정도 부정도 아닌 대답을 했다. 진영은 그 청년이 누구인지도 물론 모른다. 따라서 그가 징병 기피자인지 아닌지는 전혀 알 수 없다. 다만 술냄새와 까칠까칠한 수염을 면했으니 다행이라고 생각했다.

블루스는 멎었다. 진영은 위스키를 마셨다. 목에서는 차나, 이내 몸은 후끈해진다.

마지막 곡이 시작되었다. 형사는 화장실에서 아직 돌아오지 않았다. 진영은 담배 연기 속에서, 멍하니 앉아 있었다.

"아르바이트?"

하며 어떤 청년이 진영의 앞에 우뚝 섰다. 눈이 유난히 맑고 컸다. 진영은 고개를 끄덕였다.

"너무 늦었는걸."

테이블 사이를 누비며, 쎈터로 나가는 청년의 뒤통수를 보자, 진영은 어쩐지 가슴이 쿵 내려앉는 것 같았다. 아까 턱으로 아무렇게나 기피자라고 가리킨, 바로 그 깨끗한 뒤통수였기 때문이다.

리드는 멋있었다. 진영의 등에 얹혔던 팔이 차차로 허리에 와서 감긴다.

"멋진데?"

그의 눈은 정열적이면서 어딘지 냉랭하다.

"아까부터 허리가 좋다고 생각했었지."

"……?"

"추면서 남이 안고 있는 여자를 감정하는 것은 재미있는 일이야."

"……"

"학생? 미스?"

진영은 연달은 질문에 대답 대신 웃고 있었다. 청년은 진영이가 둘 다 긍정한 줄로 안 모양이다.

"일주일만 살까?"

하고 웃는다.

"십만 환이면 되지. 내일부터."

사뭇 빼기는 어조이다.

"흥!"

진영은 어이없다는 듯이 코웃음을 쳤다. 십만 환이 다 무엇이냐. 내게는 지금 당장에 단돈 이천 환만 있으면 충분한데. 그러나 웃음의 뜻을 잘못 알아차린 청년은,

"비싼데, 그럼, 이십만 환!"

"흥!"

진영은 더욱 답답하고 기막혔다.

"그러면, 삼십만 환."

밴드는 멎고 홀드는 풀렸다. 진영은 아무 말도 하지 않았다. 내일부터 일주일간의 일이다. 살 것인가 말 것인가 하고 지금 생각할 여유가 없다. 오늘 밤을 어찌하나, 그것조차 해결하지 못하고 있는 진영이 아닌가.

어느 사이엔가 진영의 손에 지폐가 쥐어져 있다. 육백이십 환이다.

"남은 게 그것밖에는 없어."

두 사람은 다른 춤꾼들 사이에 끼여 묵묵히 층계를 내려갔다.

거리는 추웠다. 이내 온몸이 오싹해지며 떨린다.

"내일, '호심'으로 오시오. 아홉시 반."

하고 청년은 말을 뚝 자르고 돌아섰다.

아홉시 반이라면 자고 일어나서 나오기에 꼭 알맞은 시간이라고 진영은 생각했다. 그렇지 않고, 오후나 저녁 몇 시라고 한다면 진영은 그것을 지킬는지가 의문이다. 그동안의 시간에 혹시 하루를 살 수 있는 돈이 생긴다면, 구태여 그를 기다려야 할 까닭은 없는 것이다.

진영도 돌아섰다. 몹시 배가 고팠다.

통금 예비 싸이렌이 불고 난 거리에 음식이 있을 리 없다. 그뿐 아니다. 명동에는 거의 불빛이 없다.

검은 하늘에 조각달이 걸려 있다. 진영은 지금이 밤이라는 것을 인식했다.

성당을 향하는 언덕길 가에, 군고구마 장수가 부스럭대며,

갈 준비를 하고 있다. 석유 등잔이 가물가물 켜져 있다. 진영은 남은 고구마를 다 털었다. 대여섯 개밖에는 안된다. 진영은 군고구마를 먹으며 걸었다. 여간 맛있지 않다. 주린 배에는 이토록 맛난 것이 또 있으랴 싶다.

어디로 갈까? 오백 환으로 재워줄 여관은 없다. 설혹 재워준다 하더라도 불을 지펴줄 리는 없다. 이토록 추운 밤에 내 몸을 꽁꽁 얼려 재우다니. 죽으면 썩는 몸이다. 살아 있는 이 순간, 다시는 없을 이 지극히 소중한 순간을 나는 내 몸을 하필이면 얼려 재워야만 한다는 말인가? 그것은 안될 말이다. 진영은 경일(慶一)한테 가서 자리라고 생각하였다. 그 방도 냉돌임에는 틀림없겠지만 그래도 같이 자면 한결 따뜻할 것이 아닌가.

손바닥만한 방에 책과 화구(畵具)가 하나 가득 흩어져 있다. 진영은 어디에 발을 디뎌야 할지 잠시 망설였다. 경일은 언제나 그렇지만 오늘도 모른 체하고 캔버스만 보고 있다. 진영은 먹다 남은 군고구마를 책상 위에 놓으며 요 밑으로 발을 넣었다. 뜻밖에도 바닥이 더웠다. 그림이 팔렸나?

"웬일이세요? 방이 더워."

경일은 갑자기 몸을 돌이키고는 다짜고짜로 진영의 등을 마구 때린다.

"왜 이래, 왜 이래."

256

"이년아, 준섭(俊燮)이가 장작을 사온 거야."

"좋겠군요. 친구 잘 두어서."

"엊저녁 얘기 다 들었다. 이년아, 준섭이가 여기서 잔 거야."

"내가 그래 어쨌다는 거예요, 어쨌다는……"

진영은 경일의 눈을 뚫어져라 흘겨본다. 경일은 눈 한번 깜작이지 않고 시무룩한 얼굴로 진영의 등을 주먹으로 때리기만 한다.

어저께 저녁 일이다. 한 달 밀린 밥값 대신 화구 일체와 책 전부를 빼앗긴 채, 하숙을 쫓겨 나온 진영은 통금 싸이렌을 듣자 어쩔 수 없이 준섭의 하숙을 찾아갔었다. 그것은 경일의 하숙보다 가깝고, 파출소보다는 갈 만한 곳이었기 때문이다.

진영은 시민증을 잃은 지 벌써 반년이 넘는다. 그것이나마 있었다면 또 모르겠는데, ×미술대학 학생증만으로는 파출소로 가기는 꺼림칙했다. 꺼림칙 이상으로 싫었다고 하는 편이 옳을 것이다.

"오늘 밤 재워주세요."

진영은 파자마 채로 당황하는 준섭을 빤히 들여다보며 말했었다.

"저……"

준섭은 눈 둘 곳을 모르고 있었다.

"……?"

"저, 김군이, 저……"

"미스터 김이 어쨌단 말씀이세요."

"저……"

머뭇거리며 망설이고는 있으나 준섭의 눈에는 무엇인지 기쁜 빛이 가득 차 있었다. 진영은 그것이 메스껍고 화가 났다.

"누가, 누가, 당신하고, 무슨, 연애 유희라도 하고 싶어 온 줄 아세요? 천만에. 잘 데가 없어서 하룻밤만 자겠다는 거예요."

진영은 꼿꼿이 선 채 말했다.

"그런 게 아니라, 저, 김군이 알면 또 오해나……"

"오해를 하면 어떻단 말이에요. 지금, 잘 데가 없다는데 오해 따위가 다 무엇이란 말이에요."

준섭은 한참 동안 잠자코 서 있다가 못에 걸렸던 외투를 어깨에 걸치고 밖으로 나가버렸다.

'잡을까? 내버려두자.'

외투가 없어진 못에는 머플러가 걸려 있다. 여자의 것이다. 때로 자러 오는 기생이 있다더니 그 기생의 것일지도 모른다. 그녀는 그 분홍 빛깔이 무척 자극적이라고 느껴졌다.

준섭은 바로 그저께도 진영에게 또 알쏭달쏭한 편지를 보내왔었다.

'경일군과의 관계는 다 이해하겠습니다. 조금도 나무라지는 않겠습니다. 중략(中略). 덧없는 일인 줄 아오나 어쩔 수 없이 적은 글입니다.'

내용은 대개 이렇게 적혀 있다. 어쩌자는 소리인지 도무지 답답한 얘기이다. 아마도 같이 살자는 말인 성싶다. 그렇다면 왜 좀더 알아듣기 쉽게 쓰지 못한단 말인가. 또 어째서 지금 이대로 잠자코 나가버리고 마는 것인가. 오늘 밤만은 나를 마음대로 할 수도 있는 것이 아닌가. 밖으로 나간 준섭은 돌아오지 않았다. 진영은 따뜻한 이부자리에서 한 밤을 고이 잤다. 그러나 준섭이가 경일에게 가서 잤으리라고는 미처 생각을 못했던 것이다.

"그만 때려, 그만 그만."

그러면서도 진영은 경일의 주먹을 피하려고는 하지 않는다. 도무지가 못 견딜 만치 아프지도 않거니와 무엇보다도 추위에 옴츠러뜨려서 어깨가 아팠는데 매를 맞고 보니 시원한 것을 어떻게 하랴. 주먹이 멈추었다. 방바닥은 뜨겁고 몸은 후끈거렸다.

"매 맞고 나니 더워졌어요."

진영은 솔직히 말했다. 아프라고 때렸는데 더워서 좋다니. 경일은 성난 얼굴이다. 그는 마치 보기 싫은 물건을 다루듯이 발바닥으로 진영을 아랫목 쪽으로 밀어붙였다. 진영은 종이쪽 모양 주르르 밀려간다.

경일은 다시 붓을 들었다. 진영은 스웨터와 스커트를 벗어서 차근히 개켜놓았다. 구겨진 옷으로는 댄서가 될 수 없기 때문이다. 내일은 일찍부터 나가서 꼭 돈을 벌어야 하지 않느냐고 속으로 다짐한다.

몸이 풀리고 나니, 맞은 데가 뻑적지근한 것 같다. 지난봄에도 댄서로 나갔다고 해서 이렇게 맞았었다(이번에는 준섭의 하숙에 자러 갔다고 해서 맞았지만). 편지마다 사랑하노라고 적어 보내는 준섭보다는, 말없이 때리기만 하는 경일이 편이 오히려 더욱 벅차게 가슴에 오는 것은 무슨 까닭일까.

군고구마로 굶주림은 면했고, 따뜻한 방에 누워 있으니까, 진영은 무한히 행복한 것 같다.

'지금 나는 행복하다.'

이제 잠만 자면 그만이다. 이렇게 머릿속이 텅 비게 될 때면 진영은 언제나 사랑이라는 것이 그리워진다. 나는 누구를 사랑하고 있지 않을까? 경일을 사랑하는 것이 아닐까? 진영은 "경일이" 하고 입속으로 속삭여본다. 나의 애인, 그리운, 그리운 사람 하고 생각해본다. 그러니까, 정말 그리워지는 것 같다. 그리워 못 견딜 것 같다. 그립다, 그립다, 그 그리움이 그립다. 아아—

"키스할까."

하고 진영은 요 밑에 엎드린 채 중얼거렸다.

"시끄러!"

경일은 소리를 꽥 지른다. 진영은 벽을 향해 돌아누우며, 좀 전에 헤어진 청년을 생각해보기로 했다. 삼십만 환! 삼만 환의 열 배다. 내일을 생각지 않는 진영에게는 오히려 벅찰 만치 많

은 돈이다. 하숙비를 내고, 아니 자취를 하자. 등록비도 걱정
없구…… 그러나 진영은 그 이상 더 생각을 이을 수가 없었
다. 경일이 그를 와락 껴안았기 때문이다. 경일의 포옹은 언제
나 기분이 좋다. 그러나 그 깨끗한 뒤통수의 청년의 홀드 또한
부드럽고, 기분 좋은 것이었다고 진영은 생각한다.

멀리서 아홉시를 치는 소리가 났다. 경일은 벌써 나가고 없
었다. ×극장 뒤의 창고가 그의 출근처인 것이다. 영화의 간판
을 그리는 것이다. 그나마 어저께 가까스로 얻은 아르바이트
자리다.
  책상 위에는 군고구마가 덩그렇게 하나 놓여 있다. 진영은
그것을 먹으며 경일의 하숙을 나섰다.
  걸음이 성당 앞에 이르렀을 때 진영은, 교인(敎人)은 아니나
무엇이라도 한번 기도를 해도 괜찮을 것 같은 기분이 났다.
  "성모 마리아, 나에게 애인을 하나 마련해주세요, 영원한 애
인을요."
  진영은 경건한 마음으로 속삭였다. 그러나 이내 그 마리아
상(像)의 졸렬한 조각이 눈에 띄어 기분이 나빠졌다. 그래서
진영은
  "마리아, 좀더 기다리세요. 내가 당신을 조각해드리겠어요."
했다.
  찬 하늘 아래 홀로 하얗게 서 있는 마리아가, 도저히 씻을

수 없는 고뇌로 해서 스스로를 매질하고 있는 것만 같다. 애틋하기 한이 없다. 처녀가 애기를 낳다니! 사랑의 기쁨도 모르면서 진통만 겪다니! 가엾어라 가엾어라.

시간이 이른데도 다방에는 손이 많았다. 오일 스토브가 벌써 벌겋게 달아 있다. 누가

"안녕하세요?"

한다. 어제저녁의 그 청년이었다. 하얀 턱에 면도를 한 자국이 파랗다.

"자!"

하며 그는 테이블 위에 자그마한 보따리를 올려놓는다.

"현금이야, 삼십만 환. 수표면 부도나 나지 않을까 할까봐 바꿔 왔어. 큰돈으로 바꾸느라고 애썼지. 어때 그 정성이? 하하하."

그는 거리낌 없이 큰 소리로 웃는다. 진영은 아무 말도 하지 않았다. 물만 마시고 싶다. 군고구마를 먹어서 목이 바싹 말라 버렸다. 그래서 우선 커피나 마시고 보자고 했다. 진영은 커피를 두 잔이나 마셨다.

"가자."

하며 그는 일어섰다. 그는 댄스홀에서보다도 더 미남같이 보였으며, 더욱 점잖다고 진영은 느껴졌다. 진영도 뒤따라 일어섰다. 앞뒤 테이블의 손님들이 진영과 그를 번갈아 보고 있었다.

택시 안에서 그는 진영의 허리에 팔을 감았다.

호텔의 현관은 어마어마한 것이었다. 주홍빛 양탄자가 눈부셨다. 기둥이랑 천장에 현대적인 감각이 확 끼친다. 수부에서 청년은 일주일 방값을 전불했다.

"309호실."

하고 사무원이 말했다.

진영은 손에 든 지폐의 무게와, 그녀와 나란히 층계를 올라가는 청년의 로션 냄새와, 주홍빛의 양탄자를 인식했다. 층계의 커브를 돌 때다.

"여보슈!"

하고 아래에서 누가 소리를 쳤다. 형사라는 것이었다. 형사는 청년의 신분증을 조사하더니 가자고 한다. 기피자라는 것이다. 지금 곧 가야 한다고 했다. 청년은 형사를 비웃는 듯 싱긋 웃으며

"갑시다!"

하고 늠름한 걸음으로 층계를 도로 내려간다. 깨끗한 뒤통수가 몹시 사랑스럽다. 진영은 당황하며 뛰어갔다.

"여보세요."

"⋯⋯?"

"이것⋯⋯"

진영은 돈 보따리를 내밀었다. 청년은 싱긋 웃는다.

"가지시우. 약속을 어기는 것은 이쪽이니까."

"너무 많아요."

"애당초에 삼십만 환은 너의 허리 때문이 아니야. 이걸 봐, 이렇게 죽음이 쫓아다니지 않아? 나는 일 년을 살 돈이 있으면, 그것으로 우선 하루라도 살고 보아야 해. 살 시간이 없어. 바빠."

하고 빙긋 웃으며 돌아선다. 진영은 청년에게 바싹 다가섰다. 진영의 표정은 자못 심각해졌다.

"가지 마세요."

청년은 웃으며 말했다.

"나는 너를 사랑해."

진영의 입에서도 앵무새처럼 말이 흘러나왔다.

"저도 사랑해요."

말을 하고 보니, 진영은 정말 그를 사랑하는 것 같다.

"가지 마세요. 가지 말아요!"

"돈으로 안되는 일 없지. 곧 온다."

그는 진영의 뺨을 슬쩍 쓰다듬고 호텔을 나가버렸다. 형사가 뒤따라 나갔다. 그때 수부에서 해말쑥한 청년이 담배를 피우며 진영에게로 다가왔다. 진영은 낯익은 얼굴이라 생각했다. 누구일까? 아차! 엊저녁의 그 형사로군! 그렇게 생각해보니, 모든 일이 우연히 된 것이 아님을 깨달았다. 진영은 자신도 모르는 사이에 매섭게 쏘아붙이고 있었다.

"당신이군요! 비겁한!"

"왜 그러슈, 남편?"

진영은 입을 한일(一)자로 다문 채 머리를 세게 흔들었다.

"그럼, 애인?"

"아니!"

"그러면?"

"남자!"

하고 진영은 돌아섰다. 형사는 뒤따라오며

"내가 논산으로 갈 때엔 나도 프로포즈할 생각이야."

"어림없어!"

'나는 일 년은 넉넉히 살 수 있어!' 진영은 앞을 똑바로 본 채 층계를 올라갔다.

진영은 호텔의 레스토랑에서 로스트치킨을 먹었다. 맛있는 것을 먹는 즐거움이 없다면 인생은 한결 쓸쓸하리라고 생각하며.

외투와 구두를 샀다. 립스틱도 샀다. 이것을 바르고, 아르바이트를 하러 홀로 갈 날이 멀지 않아 또 있으리라 생각했다. 핸드백도 샀다. 그래도 돈은 남았다.

진영은 하숙으로 갔다. 주인아주머니는 삯뜨개질을 하고 있었다. 아이를 셋이나 데리고 있는 전쟁미망인이다. 방바닥은 얼음 같고, 떡 벌어진 문틈이 사뭇 한데이다. 밀린 밥값을 치렀는데도 진영의 마음 한구석 어딘지 개운치 못한 데가 있다. 오만 환을 더 내놓았다. 주인은 고맙다고 하며 이내 흑흑 흐느껴 운다. 삼십만 환을 얻은 데도 고마운지를 몰랐던 진영은 하숙 주인이 오히려 우스꽝스럽다. 그녀를 도와주려는 것이 아니었다. 진영은 그 여자의 가난이 끼친 울적한 기분을 가시고 싶을 따름이었던 것이다.

진영은 화구를 샀다. 모두 사만 환이다. 갑자기 붓이 들고 싶어진다. 어서 그려야지. 국전에서 모 장관상을 탄 경일의 그림이 생각난다. 그 구성이 참으로 잘되었다고 다시금 생각한다. 학교의 성적은 진영이 수석이나, 국전에서는 낙선했다. 시기와 비슷한 불길이 몸 어느 곳에서부턴지 소리 없이 이는 것 같다.

'그려야 한다.'

진영은 거리의 책점에 들렀다. 고흐의 소묘집(素描集)이 있다. 진영은 책장을 들춰보았다. 까마귀가 날고 있다. 사육(死肉)을 파먹고 산다는 날짐승…… 금시에라도 썩은 물이 악취를 풍기며 뚝뚝 떨어질 것 같다. 진영은 자기 자신이 까마귀 같다는 느낌이 온다. 팁으로 해서 살아 있는 그의 살이 까마귀의 살만 같다. 진영은 진저리를 치며, 몸을 흔들어본다. 볼통한 젖가슴이 육중하게 흔들린다. 진영은 다만 그녀의 실존을 재확인할 따름이다.

진영은 위스키를 한 병 사들고 호텔로 갔다. 더블베드는 지나치게 호화로웠다. 그녀는 일주일 여기서 홀로 살 수 있다. 고요 속에서 붓을 들 수 있는 것이다. 그러나 그 청년이 온다면? 돈으로써 안되는 일이 있겠는가고 했었는데…… 오면 오는 것이고. 그때 일을 지금 생각지 말자.

진영은 위스키를 마셨다. 이내 몸이 상쾌해진다. 푹신한 베드에 엎드려본다. 기분이 여간 좋지 않다. 귀신이라도 농락해 보고 싶을 만큼 삶에 대한 자신이 강력히 솟구친다. 무서울 것도 꺼릴 것도 없다. 오로지 그려야 한다는 의욕만이 파랗게 불탈 뿐이다.

진영은 준섭에게 편지를 썼다. 베드가 부드러우니, 그 색시와 하룻밤 자러 오라는 얘기를 썼다. 그저께 한 밤 따뜻이 재워준 은혜를 갚기 위해서이다. 다음은 경일에게 글을 썼다. 사랑해요…… 하고 쓰기 시작했으나, 도시 펜이 움직여지지 않는다.

사랑 사랑…… 진영은 그 말의 감각을 느껴보려 했으나, 그 추상명사가 마치 숫자처럼 그의 머릿속에서 나열될 따름이다.

사랑이라는 말은 필요치 않았다. 다만, 진영은 지금 경일을 포옹하고 싶을 뿐이었다. 그래서 진영은 경일씨 어서 오세요, 보고 싶어요라고 편지의 끝을 맺었다.

진영은 베드에서 일어나서 창가에 스케치북을 들고 앉았다.

창밖은 밤이었다.

무수한 불빛이 어둠 속에서 별빛처럼 명멸하고 있다.

 동족상잔의 한국전쟁이 휴전이 된 후에도 서울은 전쟁의 흔적이 짙게 남아 있었다. 그런 상황에서 1957년 4월, 단편 「신화(神話)의 단애(斷崖)」가 『현대문학』지에 추천완료되면서 나는 문단에 등단했다.

 「신화의 단애」가 발표되자 김동리 선생과 이어령 선생이 이 작품이 실존주의다 아니다 라는 논쟁을 신문지상에서 일주일 동안 계속했다. 그리고 50년이 지나갔다. 2007년이 되자 등단한 지 만 50년이 되었구나 하는 생각이 머리에서 감돌았다. 길다면 긴 그 세월은 우리나라가 격동하는 세월이었다. 그 속에서 나는 소설을 써왔다.

 작년 12월 초순께 올해도 다 되어가는구나 하는 생각이 들며 50년의 획을 긋는 의미에서 단편소설선집을 내고 싶었다.

　여기에 수록된 작품은 나의 등단작부터 2005년에 발표한 것까지 열한 편인데, 그 중 「여수」를 빼고는 모두 한국문학번역원의 지원을 받아 올해 말께 출판될 영문 단편선집에 들어 있는 것들이다.

　요즈음 출판계의 사정도 좋지 않은데 이 책을 펴내준 창비사에 감사한다. 창비의 무한한 발전을 기대하며 또한 기원한다.

2008년 1월
한말숙

덜레스 공항을 떠나며

초판 1쇄 발행/2008년 2월 5일

지은이/한말숙
펴낸이/고세현
책임편집/김정혜
펴낸곳/(주)창비
등록/1986년 8월 5일 제85호
주소/413-756 경기도 파주시 교하읍 문발리 513-11
전화/031-955-3333
팩시밀리/영업 031-955-3399 · 편집 031-955-3400
홈페이지/www.changbi.com
전자우편/literat@changbi.com
인쇄/상지 P&B

ⓒ 한말숙 2008
ISBN 978-89-364-6117-1 03810